バスタブで暮らす
四季大雅
イラスト　柳すえ

目次

design caiko monma[musicagographics]

バスタブで暮らす
四季大雅
イラスト 柳すえ

序章

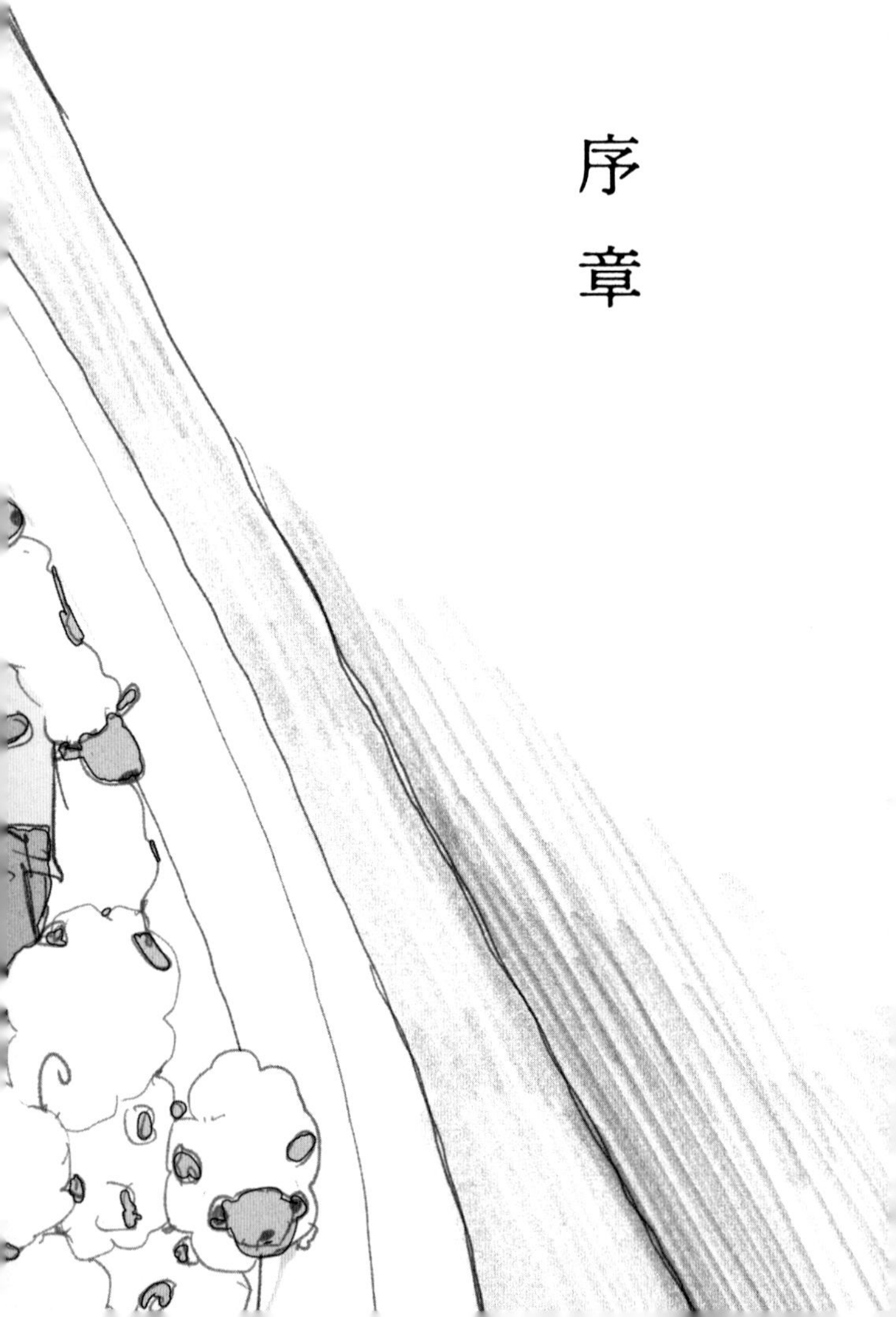

もーいいーよー！

幼い声が、バスルームに反響した。

わたしは空っぽのバスタブに隠れ、風呂蓋を閉じてしまう。これで無敵だ。決して見つからない。わたしを探して右往左往する兄を想像すると、くすぐったいような気持ちになる。

うしししし……！

押し殺した笑い声が反響する。耳をバスタブの底につけると、ひんやりとして気持ちいい。

蝉の声が、うわんうわんと遠く響いている。兄が階段下の物置きを探す音が聞こえる。

あれーっ？　と声がして、足音が遠ざかっていく。

おバカさんめ……！　うしししししし……！

しかしだんだんと、わたしは不安になってくる。

このままずっと、見つけてもらえなかったら、どうしよう――？

バスタブのなかの暗闇が、ちいさな黒い海になる。わたしはあっという間に呑み込まれ、やがて溺れてしまう……そんな気がして、怖くてたまらなくなった。

思わず風呂蓋を持ち上げる――が、ドタドタと足音がして、慌てて手を引っ込めた。

がまん、がまん……！

そうしているうちに、だんだんウトウトしてくる。

生ぬるい湯船につかっているみたい。

蝉の声がトロンと溶ける。

「めだかーっ？　どこにいるのー？」

遠くで兄がわたしを探している。ここにいるよー、とわたしは夢のなかでこっそり言う。まるでその声が届いたみたいに、足音がこちらへ。ドキドキする。バスルームの扉が開く。

風呂蓋が開かれ、まぶしい光が差し込んでくる――


「見つかっちゃった……」

「なーに寝惚けとんの」


わたしは顔をしかめ、眠たい目をこすった。二十三歳の大人になった兄が、そこにいた。相変わらずイタズラ小僧っぽさのある顔で、アホっぽい寝癖が同じ位置にぴょこんと立っている。

「ＵＦＯキャッチャーの景品みたいな寝相だな」

「ゆーふぉー……？」

あくびをひとつ。わたしはバスタブの底にマットと布団を敷いて寝ていた。大きな羊のぬいぐるみを抱いて、小さな羊のぬいぐるみを周りにたくさん、梱包材みたいに詰めている。

「朝飯だから早く来いよ」

兄はバスタブをコンコンして出て行った。わたしは羊の『ラムちゃん』の背中に顔を押しつけて、「ううっ……」とうなる。それから五分くらいごろごろして、ようやく起き上がった。

洗面所の鏡に、わたしの姿が映る。長い黒髪に、水色のパジャマ。まだ眠たい目が、抱っこしているラムちゃんそっくりだ。身長はすごく低い。われながらすごく子供っぽく見える。

居間に行くと、兄がすでに食卓についていた。ダイニングはテーブル、居間は掘りごたつになっていて、我が家ではそのどちらも食事に使う。

わたしは兄の向かいに腰掛けた。テレビには、八月十日の天気予報。福島県郡山市では、また昨日より気温が上がる予報だった。内陸部なので、夏は暑く、冬は寒い。

「めだか、パン焼いて」

兄——磯原いさきが言った。ワイシャツを着て、首にネクタイを引っかけている。

「自分で焼けばいいのに……」

「『パン焼き係』だべ?」

磯原家では、子供はそれぞれ『家族の仕事』を受け持つ決まりだった。ちなみに兄は『お風呂掃除係』。もっとも、わたしがバスタブで暮らしているから、いまはお役御免だけれども。

わたしはしぶしぶ立ち上がり、台所へ。

「めだか、おはよう。目玉焼き、いくつ食べる？」

料理していた母——磯原くじらが言った。母は樽(たる)のようながっしりした体格で、声は太くてハスキー。

「一個。ベーコンはいらない」

わたしはいつもそれでお腹いっぱいになる。母はあきれたように、

「そんなんじゃ大きくなれないよ」

「もう大きくならないよ」

わたしはちょっと唇(くちびる)をとがらせた。食卓へと戻ると、ポップアップトースターに食パンをセット。待つこと一分。ウトウトしていると、チン、とベルが鳴った。焼き上がった食パンを皿にのせ、両手でうやうやしく差し出す。

「どうぞどうぞ」

「どうもどうも」

そこに父——磯原かんぱちがふらりとやってきた。郵便局の制服を着ている。ひょろりと背が高く、『ぬらりひょん』じみている。『ぬらりひょん』は妖怪(ようかい)だ。はげ頭のやせた身なりのいい老人で、勝手に他人の家にあがりこんで飲み食いする、図々しいやつ。

「あ、父、それわたしのパン」

「ん——？」いつの間にかジャムを塗りたくっていた父は、笑ってごまかす。「ホ、ホ、ホ」

おのれ、妖怪め……。わたしはチクリと言う。

「糖尿病」

高血糖で毎食後にメトホルミンを飲んでいるタイプの妖怪なのだ。しかし父は何も聞こえなかったかのように、自慢のどじょうひげを整え、いただきます、とサクサク食べ始めた。

わたしはむっと、ほっぺをちょっと膨らませ、新しい食パンをトースターにセット。それから母を手伝って、料理を運ぶ。ベーコンエッグ、サラダ、トースト、そして味噌汁。母はどんなメニューにも必ず味噌汁をつける。いただきます、とわたしも食べ始めた。

「今日もいい天気になりそうね～」母は朗らかに、ベラベラ喋る。「洗濯物が乾いて助かるわ。そういえば乾燥機つき洗濯機すごく良いんだってよ。田中さんの家でも――」

父は「ああ」だとか「んん」だとか、いまいち聞いているんだかわからない。

「晴れてるうちはいいんだけど、浴室乾燥機が使えないとやっぱりね～」母はチラリとこちらを見て、「めだか、そろそろバスタブから出ないの？」

流れ弾だった。わたしは味噌汁で溺れかけ、ゴホゴホと咳き込んだ。

「あれからもう、三ヶ月よ、三ヶ月」

「ん……ちょっと、まだ……」

「一回、出てみたら？　意外ともう大丈夫かもよ。ね、お父さんもそう思うでしょ？」

するど父は、ぷぅ、とオナラをした。

「やぁだ、屁で返事をしないでよ！」

母は顔をしかめ、バタバタと扇いだ。兄がさけぶ。

「うわっ！　こっちに飛ばさんで！」

父は「ホ、ホ、ホ」とちょっぴり恥ずかしそうに、楽しそうに笑った。

「ごちそうさまっ」

混乱に乗じてわたしは緊急脱出。キッチンへ行き、お皿を軽く流して洗い桶に入れる。

「あっ、めだか、ちょっと待ちなさい！」

ぴゅーっと、階段をあがり、自分の部屋へ。まだ、段ボール箱が山積みになっている。四月に就職で仙台へ引っ越して、五月半ばに出戻りし、それからずっとバスタブで暮らしているので、荷解きが終わっていないのだった。

わたしは三つほど段ボールを開けて、ようやくお目当てのものを見つける。

桜ケ丘小学校の卒業アルバム。

懐かしくて、ちょっとだけ開いた。わたしはあんまり変わっていない。むずかしい味の飴をなめているような顔をしている。隣に、長谷川蒼くんの写真が載っていた。

「めだかちゃーん！」

ふいに呼ばれて、アルバムを下ろした。隣家のベランダに、蒼くんが立っていた。アルバムと同じ、子犬みたいに無邪気な笑顔。オレンジがかった明るい茶髪の、くりくりした地毛が、トイプードルを思わせる。ブンブンと手を振る姿が、しっぽを振るワンコそのものだった。

「おはよう、あはは、寝癖ついてるよ！」

「え、そう――？」わたしは頭の後ろをなでた。

「今日、ヒマ？　せっかくの土曜日だし、天気もいいし、どっか遊びに行こうよ！」

「あー……ごめんね。今日、ちょっと予定あるから」

「えー……そっか、残念……」

蒼（あおい）くんはしゅんとする。てろん、と力なく垂れるしっぽが見えるようだった。

「ごめんね、また今度ね」

隣家に住む蒼くんは、物心ついたときからの幼馴染（おさななじみ）で、ほとんど家族のようなものだ。バスタブから出られるようになりさえすれば、いつでも遊びにいける。

わたしは手を合わせて謝り、階下に戻った。

バスルームに入り、小型冷蔵庫を開ける。なかには、いちごミルクがぎっしり。ストローで飲みながら、バスタブのなかに座る。

改造したスーパーファミコンのコントローラーを手に取り、十字キーの⇩ボタンを押す。ウイーン……と天井から吊られた簡易防音室が下りてきて、ピッタリとバスタブに嵌まった。

Ｌボタンを押すとライトがつき、防音室のなかに構築された配信環境が浮かび上がる。ＰＣモニター・キーボード・マウス・ヘッドホン・マイク・カメラ……。

Rボタンを押すと冷房が作動した。コントローラーのスタートボタンを押し、PCを立ち上げる。ウィンドウズのロゴが映し出される。

YouTubeにログインし、配信の準備――

専用ソフトを起動すると、画面右下にアバターが表示される。Live2Dと呼ばれるもので、モニター上部のカメラがとらえたわたしの表情にリンクして、二次元のキャラクターがアニメーションする。わたしが瞬きするとアバターも瞬きし、あくびするとアバターもあくびする。

アバターの名前は『黒杜(くろもり)いばら』。〝眠り姫〟をモチーフにしている。ブルーのドレスに、黒い荊、白い髪、氷のような色の薔薇(ばら)の髪飾り……。

すでに百人近くの視聴者が、わたしを待っていた。学校の三クラスぶんだと思うと多いけれど、とっくに数に対する感覚は麻痺(まひ)している。予定時刻を待って、配信を開始する。

「こんもりー」

コミュニティ内で『こんにちは』の意味の挨拶(あいさつ)をすると、早速コメントが飛んでくる。

『こんもりー』『待ってた』『わくわく』『ねむねむ』……。

お決まりの羊の絵文字もだーっと流れてくる。

黒杜いばらが、呪(のろ)われたお城の部屋の、可愛(かわい)いイラストを背景に、画面のなかで微笑(ほほえ)んだ。

わたしはおもむろに雑談を始める。子供のころの笑い話でもしようと、記憶の手がかりに卒業アルバムを持ってきたのだった。

「今夜もASMR配信やるよー。眠れない人はぜひ来てね」

わたしはコメントに応えてそう言った。それから、質問コーナーに入る。

『VTuberを始めたきっかけはなんですか？』

『VTuber』とは、『バーチャルYouTuber』の略称で、このようにCGキャラクターを使用して、雑談やゲーム実況などの動画配信をするYouTuberのことだ。

言葉に詰まった。どうして始めたんだっけ？　なんとなく流れで？　しかし大元をたどれば、バスタブで暮らし始めたのがきっかけで、そして、その原因は――

「就職で失敗したからかなあ、あはは」

わたしは冗談めかして言ってから、何かしっくり来ないものを感じる。雑談を続けながら、頭のどこかで考えつづけている。何に失敗したのか……？

アルバムに視線を落とした。集合写真のわたしは、誰よりもちいさい。

そうだ、わたしは、そもそも――

生まれてくることに失敗したのかもしれない。

第一章

1

子供のころ、お風呂(ふろ)に一緒に入ると母はよく、お腹の傷跡を指して言った。

「めだかはここから生まれてきたんだよ」

歴戦の勇士が一騎打ちで受けた古傷を自慢するみたいだった。実際、お腹に縦一文字に入った薄赤い線にはそれだけの迫力があって、わたしは「ふむ」と、感心するしかなかった。

そのたっぷりと膨れたお腹に手をあてると、ごろごろと動いた。

「もうひとり生まれてくるの?」

「いまは太っているだけよ」

ガハハハハ! と母は豪快に笑い、「ローマの皇帝と同じ生まれかたなんだよ」と言った。


わたしは帝王切開で生まれてきたらしい。


母は実家のある福島県いわき市で出産した。

予定より一ヶ月も早く陣痛が始まり、しかも逆子(さかご)だったので、緊急手術となった。

このとき父は山奥へイワナ釣りに行っていて、まったく連絡が取れなかった。おのれ、いつも肝心なときにおらん……と、母はぼやいた。兄のときにも釣りに行っていたらしい。けれどものすごく肝が据わっている母は、冷凍マグロのようにクールに手術室へと搬入された。背中から腰椎へずぶりと注射され、脊髄くも膜下麻酔をかけられた。部分麻酔なので、手術中も意識はあった。マグロでいうところの〝腹なか〟と〝腹しも〟の中間あたりを（母は実家が網元のせいか、こういった珍妙な比喩がしばしば飛び出す。）医師がこねくり回すと、わたしが生まれてきた。一九八〇グラム。イチキュッパ。海鮮丼の値段みたいな数字だなあ、などと言っている場合ではない。生まれたての赤ちゃんの平均体重は約三キロ。その三分の二しかない。いわゆる低出生体重児だった。しかも泣かなかった。泣かないと呼吸ができない。

　これは大変だ、と周囲があわてふためくなか、いきなり母がガバッと身を起こし、「貸してッ！」――そしてわたしの足首を持って逆さにぶら下げ、ぺぺん・ぺん・ぺぺん！　とリズミカルにお尻を叩いた。それでようやくわたしは泣き、呼吸を始めた。

　――というのは幻覚で、本当はずっと朦朧としていたらしい。尻叩きなんて、後遺症の原因となるので、今どき行われない。わたしはたぶん普通に、人工呼吸などによって命をつないだ。

「低出生体重児にはリスクがあります」

　出産から五日後、退院の際、医師はピンク色の可愛いパンフレットを差し出して言った。いまだにそれは、母子手帳やへその緒などと一緒に、大事に保管されている。

『肺や心臓、神経に異常が出る場合があります。知能の発達に遅れが出る場合も。しかし、わたしたちが全力でサポートします。いわき市でも医療費の補助がありますので、こちらの低体重児出生届をお書きください』

そういったことを、母と父がショックを受けないよう、なるべくやわらかく伝えた。医療費の補助は、出生時体重が二〇〇〇グラム以下だと出る。わたしはイチキュッパなので大丈夫。

ふたりはそのまま、江名(えな)にある母の実家にむかった。わたしはまだ保育器のなかで、さらにもう一ヶ月ほど入院。ふたりは海辺に車を停め、しばらく散歩した。

「大変だったねえ、ホ、ホ、ホ……」

前を歩く父が言った。猫背でひょろりとした、頼りない立ち姿に、母は無性にイラついた。大変だったのはわたしじゃ、お前ではない、ハッ倒してやろうか。

そのときふいに、父が振り向いた。

「ここ、憶(おぼ)えてる?」

そこはなんの変哲もない道路上だった。しかし、母はあっと声を漏らし、

「ええ、憶えてる、憶えてる……」

そこはふたりの出会いの場所だった。

――わたしが生まれる七年前。

若き日の母が散歩していると、『ウヒョー！』という頓狂(とんきょう)な声が聞こえてきた。見れば、や

たらと楽しそうに海釣りをしている人がいる。まだ尿から糖が出ていない日の父であった。『釣りキチ三平』という漫画に影響を受けすぎて、『ウッヒョ〜〜〜！』だとか『フェ〜〜〜ッ！』だとか変な声をあげながら釣りをするなかなかヤバい人間なのである、恥ずかしながら。

しかし破れ鍋に綴じ蓋、それと結婚した母もなかなかヤバい人間で、なぜか話しかけた。

「釣れますか？」

「まあああまあですね」

まあまあでそのテンションなのか……と、母はちょっと面白くなり、世間話など交わした。

「竿がもう一本あるので、よかったら一緒に」

誘われて、母は笑った。

「わたしは釣りしないんです。魚は海からじゃなくて、カーブから獲れるので」

魚はカーブから獲れる……？　首を捻る父を、母はその道路へ連れていった。

「魚はどこにいるんです？」

父がキョロキョロしていると、母は笑って、

「まあ、ちょっと待っててください」

やがて、一台のトラックが通りかかった。

父はびっくり仰天して、アッ！　と声をあげた。

トラックがカーブをグイッと曲がる際、満載されたメヒカリをバラバラと落っことしていっ

たのだった。あぜんとしている父を横目に、母はガハハハハ！　と豪快に笑った。

「さあ、拾って、拾って！」

ふたりはきゃっきゃしながら、夏の陽にきらめく新鮮な魚を一生懸命に収穫した。

それから父はどういうわけか、母の実家の夕飯にまぎれこみ、天ぷらをサクサク食べながら、

「秋刀魚は秋田、明太子は博多、メヒカリは江名のカーブ産に限りますなあ、ホ、ホ、ホ！」

などと調子良くやって、座を沸かせたのだった。さすがは妖怪ぬらりひょん。ちなみに、秋刀魚の漁獲量一位は北海道なので、韻を踏みたいだけの口から出まかせのフレーズである。


——とまあ、そんないきさつが、そのなんの変哲もない道路にあったのだった。

「まだ魚は獲れるのかな？」

「トラックが変わって、もう獲れなくなったのよ」

それから思い出話などしながら、少し行ったところの軒先に、水瓶が置いてあった。睡蓮の花のしたに、メダカが白い影を流していた。いわゆる『メダカ鉢』というやつだ。

「可愛いね。エサは何をあげてるんだろうね」

「コケとかを勝手に食べるから、ほったらかしでいいんだよ」

父はそう言って、ちょっと黙ると、ふいに、

「『めだか』にしよう」

「え？」

「赤ん坊の名前。小さくても丈夫に育つように」

そうして、わたしは『磯原めだか』と名付けられた。

すでにお気づきかもしれないが、母・『くじら』、父・『かんぱち』、兄・『いさき』……わたしだけ淡水の生き物である。夫婦で『サザエさんファミリーみたいにしようねェ〜』などとアホなことを企んでいたのだが、わたしのときにはウッカリ忘れていたらしい。おのれ。

2

わたしが生まれてから三年後、四人家族は福島県郡山市の桜ヶ丘に引っ越した。三十年ローンの新築一戸建て。わたしは概ね健康に育ったが、アレルギー体質になっていて、シックハウス症候群のせいで初日に具合が悪くなったことをぼんやりと憶えている。

「たんけんしよう、たんけん！」

翌日、四歳の兄が、新聞紙で作った杖を振りまわしながら言った。

「めだかタイイン、ふねにのりこめ！」

わたしたちはバスタブに乗り込み、空想の冒険を始めた。

「ざぶーん、ざぶーん」

「グワーン、グワーン」

「クジラがいるぞーっ！」

幻のクジラが立てる波に、わたしたちはきゃっきゃと歓声をあげた。やがて、新築のジャングルへとたどり着いた。わたしは兄のうしろを、ちいさい歩幅でテクテクついていった。

「やった、ショクリョーだ！」

兄がバナナをキッチンで見つけ、もそもそと食べた。わたしはイラナイと断った。

パントリー、ダイニング、居間、和室などを順番に見てまわる。

「ここはキケンだ……ドクヘビがいるかも……」

兄は階段下の真っ暗な物置きにひとりで入っていった。

「おにいちゃーん！」

ぎゃーっ！　と悲鳴。ポーン！　と暗闇からヘビ。うきゃーっ！　と腰が抜けた。

もちろんヘビは本物ではなく、ゴム製のオモチャだった。兄は物置きから出てくると、ニヤリと笑った。これからとんでもないイタズラ小僧に成長する兆候が、すでに現れていた。

こんな調子で小芝居をやりつつ、一階を探索し終わり、二階へ。

「おにいちゃ～ん、まって～」

わたしはまだ階段をうまく上れず、一段一段、必死になってよじ登った。

二階には両親の寝室と、子供部屋がある。兄は自分の部屋を探索して満足そうにすると、次はわたしの部屋へ。わたしは掃き出し窓のむこうを見て、わっと声をあげた。

「おにいちゃーん、だれかいるーっ！」

兄はシルバニアファミリーの小さなテーブルをひっくり返し、すっ飛んできた。

隣家のベランダに、わたしたちのような子供がふたり、手すりの隙間からこちらを見ていた。

「ゲンジューミンだ……」と、兄は言った。

長谷川姉弟——姉・美代、弟・蒼との出会いだった。

しばらくして、買い出しから戻ってきた両親が、あっと驚きの声をあげた。子供が四人に増えて、きゃっきゃと遊んでいたのだった。それから磯原家と長谷川家の交流が始まり、わたしたちはほとんど家族も同然に育つこととなった。

兄と美代ちゃん、わたしと蒼くんがそれぞれ同い年だった。

やがて、同じ桜ヶ丘幼稚園に通い出した。四人で園バスに乗るときは、わたしが美代ちゃんの隣。美代ちゃんは優しくて可愛い理想のお姉ちゃんで、わたしは何か嫌なことがあると「ミヨちゃ～ん」と泣きべそをかいて、よしよしと慰めてもらうのが常だった。

蒼くんはすごく可愛い男の子だった。まるで宗教画に描かれる天使みたいに。栗色のくせっ毛に、くりくりした目、バラ色のほっぺ……。幼稚園のときからモテモテで、おままごとにしょっちゅう引っ張り込まれていた。蒼くんも男の子たちと遊ぶより性に合っていたようだ。

とある夕暮れ——看護師をしていた母のお迎えが残業で遅くなり、待っていたときのこと。

蒼(あおい)くんがどうしてか、砂場にうずくまって泣いていた。「どうしたの？」と訊(き)いても、首を横に振るばかり。かわいそうなので、わたしは蒼くんの手を握って、そばにいてあげた。

やがて、蒼くんは泣きやむと、言った。

「めだかちゃん、おとなになったら、ぼくとけっこんしよう！」

結婚！　今でこそ微笑(ほほえ)ましくて笑ってしまうが、当時は意味もよくわからず、

「いいよ～」

すると、蒼くんはパッと顔を輝かせ、ほっぺをますますバラ色にした。

3

磯原(いそはら)めだか四歳、幼稚園のお遊戯会で、『きらきら星』をハンドベルで演奏した。水色のドレスを着て、高音のベルを鳴らすわたしを見て、両親はのほほんと言った。

「やっぱり、めだかが一番ちいさいわねェ～」

「そうだねェ～」

七歳、小学二年生の学習発表会で、『スイミー』の演劇をした。赤い魚の群れのなかで一匹だけ黒い魚の役を演じるわたしを見て、両親はのほほんと言った。

「やっぱり、めだかが一番ちいさいわねェ～」

「そうだねェ～」

九歳、小学四年生の運動会で、組体操をした。体重の関係から、人間ピラミッドの頂上に立ったわたしを見て、両親がのほほんと言った。

「やっぱり、めだかが一番ちいさいわねェ～」

「そうだねェ～」

そんなわけで、わたしはとてもちいさく育った。整列して『前ならえ』するときはいつも、腰に手を当てて、『エヘン』とエラそうなポーズ。席はいつもいちばん前で、しばしば授業中、先生の標的になった。

蒼くんも同じくらい背が低かった。ハンドベルのときにも隣にいて、組体操のときには左足のしたにいた。前ならえの男子の先頭は蒼くんで、やっぱり『エヘン』とやっていた。

「めだか、ご飯は残しちゃダメ。好きなおかずは？」

母はたくさん食べさせようと四苦八苦したけれど、わたしは首を横に振るばかりだった。

そもそもわたしには、物心ついたときから食欲がぜんぜんなかった。『お腹が空く』という感覚がよくわからなくて、毎日三回やってくる食事がひたすら面倒だった。

太宰治の『人間失格』に、こんな文章がある。

『自分だって、それは勿論、大いにものを食べますが、しかし、空腹感から、ものを食べた記憶は、ほとんどありません。めずらしいと思われたものを食べます。豪華と思われたものを食べます。また、よそへ行って出されたものも、無理をしてまで、たいてい食べます。そうして、子供の頃の自分にとって、最も苦痛な時刻は、実に、自分の家の食事の時間でした』

わかる～！　と、初めて読んだとき思わずさけんだ。ケーキだとかチョコだとかを食べるのは好きだけれど、お腹が空いて食べているわけではなかった。赤ちゃんのころから、ほっぺに乳首を押しつけられてはなはだ迷惑そうな顔をしていたらしいので、筋金入りだ。

どうやらわたしは周りのみんなとはぜんぜん違うらしい、と成長するにつれわかってきた。人間のなかにはふしぎなエンジンがあって、ひとたび〝ブルルン！〟と吹かすと、あっちこっちへものすごい勢いで駆り立てていく。美味しいものが食べたい、恋愛がしたい、怠けたい、お金持ちになりたい、勉強したい、歌いたい、褒められたい、傷つけたい……。そしてそれを叶えると、幸せな気持ちになるらしい。

わたしにはそれが、どうやら非搭載だった。心電図みたいにわたしの心を表したら、ものすごくなだらかになるはずだった。もちろん、『ご臨終です』みたいな横一直線ではなくて、それなりに喜んだり悲しんだりするのだけれど、その起伏がちいさい。みんなの波形が、富士山だとか高尾山だとか、それぞれに大盛り上がりしている一方、わたしのはせいぜい鳥取砂丘くらいの規模しかないのである。

『このあいだ、彼氏とケーキバイキングに行ってきたよ～』

みたいな会話を、わたしは鳥取砂丘のてっぺんにポツンと腰掛けて、「はぁ～」と感嘆のため息を漏らしつつ見上げているしかなかった。これは高校生になってからの話だけれど。

　わたしはエンジンをどこに置き忘れてきたのだろう？　ひょっとしたら、母のお腹のなかで搭載される前に生まれてきてしまったのかもしれないと、ちょっとだけ思った。

　運動もぜんぜんダメだった。桜ヶ丘小学校では毎年マラソン大会があるのだけれど、いつも後ろから三番目くらい。努力しても、ぜんぜん体力がつかないのだ。運動をすると楽しくなったり、スッキリしたりするそうなのだけれど、そういうのもまったくなかった。

　小学五年生のとき、桜ヶ丘小学校でサッカー大会があった。蒼くんはおままごとをして遊んでいたのが嘘みたいに、サッカー部のエースになっていた。磯原家総出で応援に行った。蒼くんは背が低いなりに機敏に動きまわり大活躍、キャーッと黄色い声があがった。同級生の女の子たちもたくさん応援に来ていたのだ。試合は見事勝利。メダルを首から提げた蒼くんがやってきて、ドギマギしながら訊いた。

「ど、どうだった？　僕、活躍したよ、めだかちゃん」

「うん、見てたよ。すごかったね」

　蒼くんの顔が、ぱーっと明るくなった。しっぽがあったらぶんぶん振っていそう。

「ねえ、蒼くん、ひとつ、訊いていいかな？」

「なに？　なんでも訊いて、めだかちゃん！」

　わたしは昔から思っていた疑問を口にした。

「蒼(あおい)くんは、なんのために、サッカーしてるの？」

「……えっ？」

蒼くんはあぜんとなった。わたしは黙って首を傾げている。

「……それは……楽しいから……」

「じゃあ、特に目的があるわけじゃないんだ？」

「えっ……うん……ごめん……」

「なんで謝るの？」

蒼くんは、宇宙空間にとつぜん放り出されたみたいな顔になった。わたしはただ、純粋な疑問を口にしただけだったのだけれど、どうやら『人はなぜ生きるのか？』的な深遠な問いのように受け取ってしまったらしい。このあと撮った記念写真に、蒼くんは不眠症の哲学者みたいな顔をして写っている。本当にごめん。

小学校の卒業文集に、『将来の夢』を書かなくてはならなくて、わたしは困った。普通に生きているだけでしんどいのに、そんなもの持ちようがない。十二歳にして、すでに人生に疲れていた。なんとなく、二十歳くらいで死ぬと思った。それがちょうどいい。二十歳で死にたい。

親友の土谷早苗(つちやさなえ)ちゃんは、自信満々にこう書いていた。

『有名大学に入って、世界で活躍する人材になる』

早苗ちゃんは生徒会長も務めた秀才だ。将来のこともしっかり考えられてえらいなぁ〜と、わたしは無邪気に感心しつつ、『えっ、なんで？』とも思った。早苗ちゃんは、本当はアイドルになりたいのだ。歌って踊って、キラキラして、みんなからチヤホヤされたいのだ。

「えっ？　アイドルなんかなってもしょうがないよ～。真面目に勉強するのが一番だよ～」

と、早苗ちゃんは笑った。それが嘘（うそ）をついている感じでもない。

どういうことなんだろう？

しばらく考えてから、ようやくわかった。あれは、早苗ちゃんの夢ではなくて、早苗ちゃんの両親の夢なのだ。他人の夢とか欲望とかが、いつの間にか自分のものとすり替わって、しかも気がつかないのだ。──そんなことがあるんだ！　と、わたしはびっくりした。

ますますわからなくなって、『将来の夢』の欄の空白を前に、絶望的に立ち止まる。


わたしは何にもなりたくない。

わたしは何もほしくない。


わたし。

わたしは──


そのとき、漠然としていた、人間に対する違和感が、ひとつの言葉に結晶した。

すなわち――
人間は、テンションが高すぎる。

4

「めだか、テンション低いよ～」

早苗ちゃんが言った。胸に『祝 卒業』と書かれた紅白のリボン。

「だって……」寂しいんだもん。

桜ヶ丘中学校は桜ヶ丘小学校と同じ学区内にあり、ほとんど同じ顔ぶれが、九年間一緒に過ごした。幼稚園から一緒の友達もたくさんいた。けれど、高校からはバラバラになってしまう。

「めだかは可愛いね～」

早苗ちゃんはわたしを後ろから抱きしめて、頭をよしよしと撫でた。

「また子供あつかいして……」

「あはは、ムッとする顔も可愛い～」

早苗ちゃんは、ちょっとふくらんだわたしのほっぺをつんつんする。ハムスターのような扱いである。わたしは同級生からこんな具合に可愛がられるようになっていた。

体育館で卒業式を終えると、家族や友達と記念撮影をした。磯原（いそはら）家と長谷川（はせがわ）家の集合写真も撮った。兄と美代（みよ）ちゃんも来てくれたのだ。わたしは「ミヨちゃ～ん」と終始甘えていた。

「めだかちゃん、ちょっといいかな……？」

蒼（あおい）くんがおずおずと切り出して、わたしは人気（ひとけ）のないところまで連れ出された。蒼くんは顔を真っ赤にして、勢いよくお辞儀（じぎ）しながら、右手を差し出した。

「僕と付き合ってくださいッ！」

わたしはほっぺをぽりぽりとかいた。

「え～……また？」

蒼くんはキョトンとしたような、絶望したような表情で、

「またって……」

「だって、小学校の卒業式のときにも告白してきたじゃん」

あのときはおかげで一悶着（ひともんちゃく）あった。蒼くんが告白してフラれたらしい、という噂（うわさ）がどこからか広まって、嫉妬した女子が、相手を探し回ったそうな。そして、わたしだとわかると、「あ～、めだかちゃんかぁ～……」とだけ言って、まるっきり興味を失った。「あ～、ハムスターかぁ～……」みたいな感じなんだと思う、たぶん。

「あれから、三年経（た）ったんだけど……」

「そんな免許更新みたいな感じで告白されても」

するとと、蒼くんはしょんぼりして、「やっぱ、そうだよね……」と、寂しげな背中をして去っていった。申し訳ない気持ちになるけれども、だからといって付き合おうとは思わない。わたしは誰のことも好きになったことがない。

「また蒼のことフっちゃったの？」

家に帰ると、兄が言った。

「えっ、なんで知ってるの？」

「見てればわかるよ。蒼はめだかに首ったけだからな～」

首ったけとはまた古い表現だな、と違和感を覚えつつ、わたしは冷蔵庫を開けた。


生首が入っていた。


ぎゃーっ！　と悲鳴をあげた。

よく見ると、マネキンの首だった。小学生のときに兄がどこからか拾ってきた、『殺人鬼ウニ子百人殺し』と名付けられた恐ろしいやつ。その唇に『めだか卒業おめでとう！』と書かれたカードが挟まっている。

パンパンパパン！　とクラッカーが鳴り、リボンが頭にふってきた。

「ドッキリ大成功～！」

父・母・兄が声を合わせて言った。兄はイタズラが成功したときの常でニヤリと笑い、冷蔵庫から殺人鬼ウニ子を取り出した。その後ろにホールケーキの箱があった。

「食べましょ、食べましょ、ガハハハハ！」

母はそう言って、ウニ子のウニ頭から、かつらを取った。そして、それを自分でかぶった。抗がん剤の副作用で坊主頭になっていたのである。普通ならものすごく落ち込むだろうに、母は「負ける気がしない」などと無敗のチャンピオンめいたことを言い、かつらをギャグに使う始末。ちなみにこれは母、二回目のがんである。一回目はわたしが小三のときになり、その際も余裕で勝利している。とんでもない荒武者である。

テーブルにつき、ケーキを切り分けると、母が言った。

「めだか、卒業おめでとう。ここで、家族を代表してお父さんから一言」

父はオホンと咳払い（せき）をした。そして、神妙な顔をして——

ぷぅ、とオナラをした。

「やあだ、お父さんたら！」

母はかつらをうちわ代わりにして、毒ガスをぶんぶん扇（あお）いだ。

やれやれ、磯原（いそはら）家もテンションが高いな……とわたしは思った。

高校生になると、わたしはやたらと眠くなった。なぜか、一日に十二時間以上は寝ないと体調が悪くなるのだ。すでに、中学二年生くらいからその傾向はあった。病院にもかかったけれど、結局『体質です』ということになった。ロングスリーパーといって、人口の数パーセントが該当するらしい。

高校の時間割は、ロングスリーパーにはきつい。バスの時間の関係で、朝七時十五分には家を出ないと遅刻になる。放課になるのがだいたい十六時、そのまま直帰しても家に着くのは十七時すぎ、夕飯は十九時からで、すべてを効率的にこなしても、床につくのは二十時くらいということになる。それから十二時間寝て起きると、朝の八時。遅刻だ。必然、バスのなかで寝たり、休み時間に寝たりして調節することになる。

「コアラくらい寝てるね」と、友達に言われた。

「コアラは二十時間くらい寝るよ」と、わたしは返した。

「なんでそんなに寝るの？」

「わたしが？　コアラが？」

「コアラが」

「ユーカリに栄養がなさすぎて。しかも消化に時間がかかる」

「ふーん」

一般的な女子高生は、あんまりコアラの生態に興味がない。コアラと人間の中間にいるわたしには、最低限の高校生活を送るだけで精一杯だった。同級生は部活をやって、おまけに塾にも行って、趣味があって、恋愛までして……みたいなことをやっていて驚異的としか言いようがない。そのあいだわたしはずっと寝ている。ずうっと。なぜか、いろいろなことが切なくなる。夏の終わりの匂(にお)いの切なさとか、冬の朝のひかりの透明さとか、夕暮れどきに公園の砂場に片っぽだけ置き去りにされた靴の長い影とか……そういうことにいちいち立ち止まって、動けなくなる。動けないわたしの横を、みんなどんどん通り過ぎていく。みんなどこかにたどり着こうとしている。

わたしはだんだん、くるしくなってくる。うまく息ができなくて、授業中に何回か倒れて保健室に運ばれる。どうしたの、何か悩みごとでもあるの、と保健室の先生に聞かれる。

わたしはどうしたんだろう？　何に悩んでいるんだろう――？

わたしは結局、なんにも言えずに黙っている。口のなかが苦い。ユーカリを噛(か)んでいる。生活リズムが崩れて、真夜中に活動するようになる。みんなが寝静まっているあいだだけ、うまく呼吸ができるような気がした。かといって何か有意義なことをしているわけでもない。何が有意義なのかもわからない。物事には優先順位があって、人間の第一位は呼吸で、わたしは呼吸するために真夜中に起きていなくてはならなくて、自然と高校生活はおざなりになっていった。するとまた余計にくるしく、息ができなくなって、母の布団にもぐり込んだ。

「大丈夫、大丈夫よ……」

母はわたしの背中をなでた。母の樽みたいなお腹にしがみついて、どくんどくんという心臓の音を聴いていると、ふしぎに落ち着いて、わたしはようやく眠った。

そうして一日一日をどうにかやりすごしているうちに、あっという間に卒業が近づいてきた。

『進路希望調査票』――わたしはまた、空欄の前で立ち止まることになった。

シャーペンの芯がポキンと折れた。わたしは小学六年生のころから何も変わっていなかった。相変わらず何にもなりたくなかったし、何もほしくなかった。ただ、ゆっくり息をして、毎日十二時間たっぷり眠りたかった。

「え～、そんな人生、楽しくないでしょ。わたしは何者かになりたい」

他の高校に進学した早苗ちゃんは言った。わたしは何も言えなくなった。早苗ちゃんは健康だ。あまりに健康だと、不健康な人間からは暴力的に感じられる。早苗ちゃんはぜんぜん悪くないのだけれど、大きな魚が起こす波に、小魚は振り回されてしまうものなのだ。

早苗ちゃん、とわたしは心のなかで言った。

人生はもとから楽しくないし、わたしは何者にもなりたくないよ。

6

わたしは結局、家から通える大学に進学した。

大学生活は気楽で、いくらか余裕ができた。周囲もモラトリアムを満喫していて、あまり息苦しさも感じずに済んだ。コンビニのアルバイトもしてみた。絶望的に体力がない自分にもなんとか務まった。長期休みになると、県外に進学した兄や美代(みよ)ちゃんや蒼(あおい)くん、早苗ちゃんも戻ってきて、みんなで賑やかに過ごした。

「めだかちゃ～ん！」

開いている網戸から、蒼くんの声がした。

やれやれ、またか……と思いつつ、わたしはベランダに出る。

「今日、いい天気だしさ、デートしようよ！」

「デート……？　彼女じゃないし」

「彼女じゃないの⁉」

蒼くんはフラれすぎてヤケクソになりつつあった。

「高校の卒業式のときにも断ったじゃん、いい加減あきらめなよ……」

蒼くんは他校生だったのだけれど、長谷川(はせがわ)家総出でお祝いに来てくれて、また〝免許更新〟があったのだ。蒼くんはいろいろグダグダ言ったあげく、しょんぼりして、

「……わかった……めだかちゃんのこと……あきらめるよ……」

「それがいいよ。自分の青春を大事にしなよ」

蒼くんは自分の部屋に戻る――と、チラッとこちらを振り返る。

「いや、慈悲とかはないよ……」

蒼くんは「くうっ！」と泣きそうな顔で去った。不憫だ……。

磯原家と長谷川家が家族ぐるみで付き合っているので、諦めるタイミングが掴めないのかもしれなかった。この夏も結局、四人でうねめ祭りに行ったりしたわけで。

いったいなぜ蒼くんがそんなにわたしのことを好きなのか、まるでわからない。


そんなこんなでまたすぐに時が経ち、大学四年生になる三月、わたしは就職活動を始めた。

履歴書の年齢の欄に、二十一歳と書いた。わたしはむずかしい気持ちになった。ずっと、二十歳で死ぬと思っていた。二十歳で死にたかった。いつの間にかその年齢を過ぎていた。

競争にはまったく勝てる気がしなかったので、応募者が少なく、なおかつわたしでも務まりそうな会社を受けることにした。選択肢が少ないのは、良いことだ。わたしにとっては。

ちょうど、コロナ禍が始まって、世間は混乱していた。就職活動も、延期されたりリモートで行われたりと、企業も就活生も手探り状態で、あちこちにひずみがひろがった。

わたしは充分に情報収集できないまま、東京の会社を受けた。慣れない都会を怯えながら歩きまわり、苦手な面接を受けて、夜行バスで帰ってきたときにはもう、ヘトヘトになっていた。

絶望的に体力がない。自己アピールとかもしんどい。嘘もつきたくない。わたしは会社の戦力にはならないのがわかりきっている。

結局、その会社には落ちて、もう嫌だ〜と思いながら、二社目を受ける。そこも落ちて、三社目も落ちる。四社目が圧迫面接で、終わったあとネットカフェの個室の隅にうずくまって、ぼろぼろ泣いた。わたしには社会で戦っていく力がぜんぜんない。頭も良くないし、体力もない。そんなことは言われなくてもわかっている。

泣きながら、母みたいな人間に生まれてきたかった、と思った。

小学六年生の国語の時間、『海の命』を音読しながら、わたしは母のことを思った。カーブで魚の獲れる、海辺の町で育った女。きっと海の命そのものみたいなクエとも闘ったことがあるはずだ。闘って生き延びて、二人の子供を育て、二回のがんにも勝った。凄すぎる。あんなふうになりたかった。

絶望しながら受けた五社目で、思いがけず採用が決まった。複数のレストランを経営する、仙台市の会社だった。奇跡だと思った。それ以上、就活をつづける気力はなかった。

7

大学を卒業し、家族で歓送会を開いた。兄はすでに地元企業に就職していたので、見送る側である。長谷川姉弟も地元に就職。ホールケーキにろうそくを立てる母に、わたしは言った。

「誕生日じゃないよ？」

「あらヤダ、そうだった、そうだった」

父も母もしょんぼりして、心配と憐れみがまじったような目でわたしを見ていた。スプートニク2号で宇宙へ行くライカ犬を見るみたいに。磯原家にとって仙台は大気圏の向こう側だ。

その夜、蒼くんに呼び出されて、わたしはベランダに出た。

「めだかちゃん、明日、行っちゃうんだね……」

雨に濡れた子犬のような声だった。それから何やらセンチメンタルな思い出話などして、

「めだかちゃん、よかったら――！」

「へっくち！」

わたしはくしゃみをしてしまった。

「あ、ごめん、花粉症で……。うわっ、手すりに花粉が積もってる」

「……」

「で、なんだって？」

「……いや、仙台でも、がんばってネ……」

「うん、ありがと～。へっくち！」

室内に戻り、鼻をかみながらようやく、蒼くんは告白したかったのだと気づいた。

本当にニブくて申し訳ない。

翌日、引っ越しをした。郡山市から仙台まで、東北自動車道を通って一時間半で着く。仙台市青葉区のアパートで、１ＤＫ、家賃は約三万五千円。業者に荷物を運んでもらい、家族で荷解きをした。お昼をはさんで作業し、一通り終わって、すこし観光でもしようかという段になると、父がソワソワし始めた。しきりにどじょうひげをなでて、口をムニャムニャ。

「ダメだったら！　なんで釣竿なんか持ってきたの！　本当、自分勝手なんだから！」

母に叱られてしょんぼりする父の肩を、兄がたたいた。

「父よ、時代は進歩した。いまはスマホで釣りができる」

というわけで、目的地へと向かう道中、父はわたしの隣で釣りゲームをした。最初「やれやれ、これだから素人は困るよ……」と馬鹿にしていたけれども、すぐに「ほう、これはなかなか……」などとぶつぶつ言い始め、しまいには「ホ、ホ、ホーッ！」と奇声をあげた。

「ちょっと、うるさいよ！」

助手席の母がうんざりしたように言った。

――と、いきなり父がギャーッ！　と悲鳴をあげた。スマホの画面に突然、ホラー映画のビックリシーンが映し出されたのである。運転席の兄がニヤリと笑った。

「おのれ、上手いことやりおって！　だが、天の時は地の利に如かず。地の利は我にあり！」

父はそう言うとキリッとし——ぷぅ、とオナラをした。

阿鼻叫喚（あびきょうかん）。

そんなこんなで仙台城跡に着き、伊達政宗（だてまさむね）像の前で記念撮影したりと、のほほんと観光してまわった。あっという間に時が過ぎ、夕飯に牛タンを食べ、お別れになった。

「じゃあ、元気でね、身体（からだ）に気をつけてね」

助手席の母は寂しげに手を振って、郡山（こおりやま）へと帰っていった。

わたしはアパートに戻り、部屋の明かりをつけた。変に白っぽい光だった。呼吸をすると、段ボールとガムテープの匂（にお）いがした。肺が薄荷（はっか）をつけたように涼しかった。

8

その夜わたしは、奇妙な夢を見た。

魚がはねていた。

アスファルトのうえだった。

いつまで経（た）っても生命力を失わず、鈍く光りながら、ピチピチとはねつづけている。

魚からは、うっすらと、桃の香りがした。

顔を上げると、巨大な灰色の幕が、世界を覆っていた。空と海だった。ふたつはぼんやりと溶け合い、境界がわからなくなっていた。遠く聞こえる海鳴りが恐ろしかった。

わたしはパジャマ姿で、道路のカーブに立っていた。

わたしは裸足(はだし)のまま、闇雲に歩きまわった。港町だった。人影はどこにもなかった。

何か、ぞっとするような、懐かしいような感覚がした。

わたしはこの土地を、知っている――

道の先に暗いトンネルがあった。奥から、腐ったような、甘い桃の香りが漂ってくる。――なぜか、帰り道はそちらにあるような気がした。しかし、恐ろしくて、進めなかった。

誰もいない港町をぼうっと歩きまわり、港のほうへとむかう。

濃厚な潮の匂いを嗅(か)ぎながら、海をすぐ右手に歩いていくと、松が植わっていた。そのしたに、金色の服を着た人が、海を向いて立っている。

「あのう……」

わたしは立ち止まり、声をかけた。しかし、反応はなかった。その正面へとまわり込んだ。銅像が石の台座のうえに、海のほうを向いて立っており、その左隣に『港修築記念』と彫られた石碑があった。松が植わっていたのは、さらにその左だった。

その人物を見て、ぞっとなった。

――『翁(おきな)』だった。

顔に、『翁』の能面をつけていた。白い髭(ひげ)があごからひょろりと伸びている。華やかな能の衣装をまとっていた。蜀江(しょっこう)文様の金色の狩衣(かりぎぬ)、指貫(さしぬき)、烏帽子(えぼし)……。

――ポン！　と、どこからともなく鼓の音がした。

ドクドクと心臓が鳴り始めた。

子供のころに一度だけ観(み)た、『能』の舞台を思い出した。ストーリーはわからなかったのだけれど、能面の不気味な美しさや、舞の優雅さ、囃子(はやし)の迫力などが、深く心に残っていた。あのときなぜか、わたしは大泣きした。なぜ泣いたのか、思い出せない。何か恐ろしいことが起こったような気がする。それからしばらく、能面が夢に出てきてうなされたのだった。

目の前の翁は、その夢の奥から、時を超えて現れたような気がした。

松の木は、能舞台の背景である『鏡板(かがみいた)』を思わせた。

「道を違えましたな」

翁はふいに言った。ぞくり、と鳥肌が立った。

「……どういう意味ですか？」

翁はすぐには答えなかった。やがて、ゆったりと言う。

「まったき道が、正しき道だとは限らぬのです。人生は所詮、邯鄲の夢——。しかし、夢を侮ってはなりません。侮れば、大切なものを損なうことになります」

そして翁は、パッと、金の扇を広げた。そこには、『蓬莱山図』が描かれていた。空と、波立つ海と、鶴と亀の絵——。亀の背には、松の木が生えている。

直後、視界がぎゅうっとそのなかへと吸い込まれていった。

松のしたに、翁が立っている。そして翁の手には扇があり、その扇のなかには松と翁、その扇のなかにはまた松と翁が……まるで合わせ鏡のように無限につづいている。波うつようにユラユラ揺れるその夢幻の通路のなかを、わたしはどこまでも落下していった……。

9

——はっ、と目を覚ました。

びっしょりと汗をかき、ばくばくと心臓が鳴っていた。

同期は五人で、全員が女の子だった。一週間ほど本部で研修を受けた。マナー研修とコミュニケーション課題を二日でこなし、三日目から現場へ。大卒は管理側に回されるが、その前に一年間は現場を経験しなければならない。ホール・レジ・厨房(ちゅうぼう)の仕事を一通り教えられ、残りの詳細は配属店舗で、とのことで研修は終了した。

「みんなでがんばろ〜！　イェ〜、シャイニングスタァ〜！」

とにかく明るい日村さんが言って、五人のピースで星形を作って記念撮影した。日村さんはムードメーカーだ。テンション高いな〜と思いつつも、嫌(いや)な感じはしない。ちゃんと空気が良くなる。うるさめの空気清浄機みたいに。

わたし、日村さん、月見里(つきみさと)さんの三人が同じ店舗に配属になった。普通の洋風レストラン。制服は白いシャツにスラックス、緑色のスカートで、なかなか可愛(かわい)い。

「三人でがんばろ〜！　トライアングル〜！」

初日の朝、日村さんが言って、三人のピースで三角形を作って記念撮影した。月見里さんは大人しい文学少女みたいな雰囲気の子で、ピースも照れくさそうにおずおずと出した。

その日の仕事終わり、日村さんがロッカーをバシン！　と閉めて、

「あたし無理かも」

次の日には、日村さんはいなくなっていた。

「じゃっ、じゃあ、今日もがんばろうか、めだかちゃん……」

無理して明るい月見里さんが、おずおずとピースした。いたたまれなくて、わたしもピース。

「……ひし形って英語でなんて言うんだっけ?」と、月見里さん。

「えっ? な、なんだっけ……」

「うーん……じゃっ、じゃあ、日本語でいっか……。ひしがた～」

「……ひしがた～……」

二日目の朝にして、悲壮感がただよっていた。

ロッカーの扉を閉める。——が、その直前、ちらりと、『翁(おきな)』の面が見えたような気がした。

びくっとして扉を開け直す。『翁』の面は、そこになかった。

お店に出ると、店長が待っていた。


顔には能面をつけていた。

真っ白で、無表情な、女の能面……。唇(くちびる)は赤く、眉は額(ひたい)に描かれている。

——能面? えっ、なんで能面つけてるの?

「ごめんね〜、昨日は忙しくて、あんまり仕事教えてあげられなくて〜」

彼女は猫撫（な）で声で言った。月見里（つきみさと）さんの喉（のど）から「ゲコッ！」とカエルみたいな音が出た。顔が青くなり、首筋に汗。月見里さんはゼンマイじかけみたいにぎこちない動きで朝の準備にとりかかる。わたしもつられてギクシャクしながら、チラリと店長の顔色をうかがう。

何を考えているのかぜんぜんわからない……能面をつけているので。

「月見里さん、今日、店長なんで能面つけてるのかな？」

「えっ――？」月見里さんは周囲をきょろきょろ見回してから、「昨日からつけてたじゃん」

……？？？　昨日は、能面なんかつけていなかったはずだ。日村さんをしかりつける店長の怖い顔を、わたしは憶（おぼ）えている。どういうことなんだろう……？

お客さんが入り始めると、にわかに忙しくなる。

「磯原（いそはら）さん、野菜処理して！」

「ハイッ！」

店の裏口から、野菜のぎっしり入ったケースをひいひい言いながら搬入する。そこから冷蔵庫に入れたり下処理をしたりしなきゃいけないのだけれど、どうしたらいいのかわからない。昨日のメモを見返すけれども、やっぱり習っていない。息がくるしくなり、冷や汗が出る。

「……て、店長」

店長はくるりと振り返った。顔には能面をつけている。ハァ、とため息。

「昨日、教えたよね？」

「え、いや……」

「あ――？」ドスの効いた声に、わたしは凍りつく。「なんで嘘つくの？」

嘘はついていない。ちなみに前日の朝、店長は『わからないことがあったらなんでも訊いてね♡』と言っていた。けれどわたしは何も言えない。

「本部の研修でも習ったでしょ？」

習っていない。

チッ。

店長は舌打ちした。

「もう一回だけ言ったげるから、メモ」

わたしはサッとメモ帳を構える。ペンを握る手が震える。店長がまくし立てる。めちゃくちゃ早口で上手く聞き取れない。秩序立てられていないのでメモもぐちゃぐちゃになる。

「わかった？」

わかったのかわかっていないのかよくわからないけれど、恐ろしくて聞き直せない。

「じゃあ、芋洗って。わたしは『井筒』やるから」

――いづつ？　いづつってなんだ？　と疑問に思いつつも、わたしはじゃがいもをタワシで擦りながら水洗いする。店長の怒声が聞こえてくる。

「すすき！　すすきがない！　ちょっと、これ、誰のせい！」

うわ～怖～っ……と怯えていると、急に店長がやってきて、わたしはビクッとする。

「長ネギ！」

店長が突き出した手に、わたしは熟練の手術助手みたいに、サッと長ネギを握らせる。

『井筒』はどうやら能の演目であるらしい。舞台装置として、井筒に見立てた木組の一隅にすすきを立てるようなのだけれど、店長は代わりにネギをぶっ刺して、「ヨシ！」と言う。何がヨシなのかわからないがそのまま始めてしまう。レストランの一隅に設けられたステージに入場し、店長が主役をやり、先輩方が囃子方と地謡をやる。

イヨォ～　ぽんぽん。

『筒井筒 井筒にかけし まろがたけ 生いにけりしな 妹見ざるまに』

ぽん　イヨォ～　ぽん。

お客さんが頬杖をついてスパゲティを食べながら、『ふーん』みたいな顔をして見ている。

――ん？　と、わたしは違和感をおぼえる。

なんだこれ？　なんで、レストランで『能』……？

そして、店長が能面をつけていることに違和感を覚えなくなっていた自分に気がつく。店長の顔が思い出せない。昨日から能面をつけていたような気がする。記憶が書き換わっている。

頭がワーッとなってこめかみがギューッとなる。『井筒』を終えた店長がやってきて怒鳴る。

「まだ芋洗ってんの!?　さっさと終わらせろよ！」

店長は小鼓をかまえて長ネギで叩きながら急(せ)かす。

「いーも！　いーも！　いーも！」ポンポンポンポンポンポン！

ひえ〜！　目をぐるぐるさせながら芋を洗う。焦りすぎて軽く記憶喪失になった。

すでに機嫌が悪かった店長だけれど、昼から混みはじめると、いよいよ本性を現す。わたしが判断不能でフリーズしていると、目ざとく見つけてすっとんでくる。

「何ボーッとしてんの!?　休んでるヒマあんの!?」


店長の能面が、般若のお面に変わっている。


額(ひたい)から生えたツノ、カッと見開かれた目、真っ赤な唇(くちびる)、剝き出されたキバ……。あまりにも恐ろしい形相に、呼吸が止まる。わたしはやみくもにダッと走りだす。

――はっ、とまた一瞬、我に返る。

なにこれ、般若――!?　世界がおかしい。変な世界に迷い込んでいる。夢と現実のあいだみたいな。そしてわたしはそのことに気がつけなくなっていた。まるで、夢のなかでは、それが夢だと気がつけないみたいに。

　般若が長ネギと鼓を振り回しながら怒鳴りまくっている。ポンポンポンポン！

　ガシャーン！　とホールから大きい音。月見里さんが床に倒れ、食器が散乱していた。左まぶたが切れて血が流れている。わたしは慌てて駆け寄り、テーブルナプキンで止血する。

「ごめん、めだかちゃん、ありがとう……」

「磯原さん、仕事まわらないから戻って！　月見里さん、ひとりで大丈夫でしょ!?」

　般若が耳元で言った。月見里さんは唇を震わせて立ち上がり、ふらふらと控室のほうへ。

「掃除して終わったらホールやって。中にいても役に立たないんだから」

　わたしは店長を睨み、何か言い返そうとしたが、声が喉に詰まって出なかった。箒とちり取りを持ってきて、掃除を始める。悔しくて息が荒くなる。近くにいた客が言う。

「ねえ、ちょっと――」

　五十代くらいのおじさんだった。

「いつまで待たせんの？　もう十五分も待ってんだけど？」


　耳を疑った。

　いま、見てたよね？

　女の子が血を流してたよね？

なんで第一声がそれなの？？？

「すみません、混んでまして……」

「急いでんだよ、こっちは！　俺の時間はお前と違って貴重なの！　早く持って来い！」

なんだこいつ。意味がわからない。同じ人間なのか。顔からすっと血が引く。心臓がばくばく鳴る。指先がしびれて冷たくなる――

突然、頭のうしろを掴まれて、無理やりお辞儀させられる。

「すみません、すぐに作ります！」

店長だった。客はブスッとして、シッシと手を振る。店長が厨房へ戻っていく。そちらから高速鼓ドラミングが聞こえてくる。ポンポポポポポポ！　わたしはくるしくてはぁはぁしながら掃除をする。客が貧乏ゆすりしながら睨んでくる。

十分後にようやく、おじさんのお子様セットが出来上がる。コックが忘れた仕上げをわたしが代わりにやる。ハンバーグの真ん中に、クマちゃんの描かれたキュートな旗を丁寧に立てる。

「すみません、お待たせしました！」

チッ。

客は舌打ちした。

「もういらねえよ、どけ」

テーブルに千円札を叩きつけて、客は店から出て行った。わたしはしばらく立ったまま動けなかった。お子様セットを手に取り、厨房へ戻る。涙がこぼれそうになるのでクマちゃんをずっと凝視したまま。クマちゃんはかわいい。

――バン！　店長はお子様セットをゴミ箱に叩き込んだ。

首のうしろに痛みを感じて手をやると、指先に血がついた。頭を無理やり下げさせられたときに、店長の爪が食い込んだのだ。血から長ネギの臭いがした。

その日の夜、仕事終わり、パタン……と月見里さんがロッカーを閉めて言った。

「わたしも無理かも」

10

目の前で虚無の顔をした女の子がピースしている。洗面所の鏡に映ったわたしだ。

店舗配属になってから一週間目に、月見里さんが辞めた。わたしだけ逃げ遅れて一ヶ月が経った。出勤の準備をしながら、日村さんがいた頃は良かったなあ……と思い出に逃避していたら、いつの間にかピースしていた。

あっ、鏡に映すと、ひし形になる……。

ミラーキャビネットを開いて、ちょうどいい角度で合わせ鏡をつくると、ピースは星形にな

った。わ〜い、シャイニングスタァ〜！　みんなもやってみてね☆

みなさんすでにお気づきだろうけれども、わたしはもう限界です。

ハサミを取り出す。

銀色の刃にわたしの目が映る。

チョキ、チョキ、と前髪を切る。休日は寝たきりで美容院に行けないので、前髪だけ切って視界を確保してごまかしている。同じハサミで抗不安薬のＰＴＰシートを切り、ケースに入れる。会社のお昼休みに飲む用のやつ。化粧をしないと社会人失格だと罵倒されるのでやる。なんだかピカソの絵みたいな不安な仕上がりになる。

出勤しようとして、靴を履く。

ドアノブを回す。

開かない。

扉が重い。

開くはずなのに。

開かないはずがないのに。

冷たいドアに額（ひたい）をつけて、ぽろぽろ泣いた。全身が崩れそうだ。吐き気がして洗面所へ。うえっ……うえっ……うえええっ……。からえずき。鏡のなかのわたしはピカソの《泣く女》に似ていた。泣き顔がキュビズム。洗面台にしがみついたまま気がつくと一時間経っている。鬼のようにスマートフォンが鳴っている。呼び出し音に混じって店長の鼓がポンポポ・ポンポポポンポン・ポン・ポポポン！　と強迫的に鳴る。めちゃくちゃ怒っている。たぶん般若モード。頭のなかの真っ黒なぐちゃぐちゃのあいだを、言葉が飛び交っている。

無理だ。

無理無理無理無理無理無理無理。

社会でやっていけない。

なんて駄目な人間なんだろう。

人間失格。

何が楽しくて生きてるんだろう。

二十歳で死ねばよかった。

なんで二十歳で死ななかったんだろう。

死に損ねた。

なんで生き延びちゃったんだろう……。

時間が激流のように過ぎていく。
息がくるしい。
しがみつきながら、しがみつきながら、バスタブのなかに逃げ込む。
まるまって耳をふさぐ。
わたしはここにいない。
恥ずかしい。
消えてなくなりたい。
誰もわたしを見つけないでほしい――
バスタブの冷たさが、背骨にしみわたっていく。
落ち着く。

棺桶(かんおけ)みたいで。

11

「もう無理です。辞めさせてください……」

「そっか、そんなことがあったんだね。バイトの子たちは、そんな話はぜんぜんしてなかったんだけどなあ。周りの人は助けてくれなかったの？」

「バイトの人は厳しくするとすぐ辞めちゃうので、そっちには猫かぶってました。先輩は、標的になるのを恐れて、見て見ぬフリで……」

「そうなんだ」

「……」

「でもね、店長もまだ若いし、一生懸命にやるあまり、ちょっと熱が入っちゃっただけなんじゃないかな？」

「……えっ？」

「社会ってさあ、みんなが乗り込む大〜きな船なんだよ。宇宙船地球号、大型船日本丸。そこにはいろんな人がいるわけで、いろんな問題が起こるのは当然だよね。ほらぁ〜、多様性だとか、ＬＧＢＴＱだとかも最近、はやってるじゃん。オカマもオナベも一緒に頑張ろうってやつ。わかり合わなきゃ。赦し合おう。コミュニケーション。圧倒的成長。ひとりでは無理でもみんなとならできる！」

「ちょ、ちょっと待ってください……。新人みんな潰されたのに、おかしくないですか……？」

「最初はみんな、失敗するもんだよ。赦してあげようよ」

「……あの……『寛容のパラドックス』って知ってますか？」

「何それ？」

「社会が無制限に寛容であると、最後には不寛容な人々によって、寛容性が破壊されてしまうんです。だから逆説的に、不寛容に対しては不寛容でなくてはならない……」

「うーん……簡単に言うとどういうこと？」

「ゲイやレズビアンを差別する人は怒られろってことです……」

「そうだよね。でもその人も社会の一員だからさ、赦してあげないと」

「……」

「……え、なんか変なこと言ってる？　これ、なんの話だっけ？」

「……わたしが辞めるか、店長が辞めるかの話です」

「えっ？　いや、店長は辞めないよ？　きみが辞めるって聞いてすごく落ち込んでるよ。あとでもう一回、部長から厳重注意が入って、反省してもらう形になるね」

「厳重注意……だけですか……？」

「ちゃんと、キツーくお叱りが入るから」

「……そうですか」

「考え直そうよ。正直、この程度のことは、社会に出たらいくらでもあるよ。立ち向かっていかないと。とりあえず、別店舗に配属し直すこともできるし」

「……辞めたいです」

「……昔の人はもっと根性あったんだけどね。うつ病とかも増えてるし」

「いや……あの……うつ病は甘えじゃなくて病気です……」

「そう？」

「……」

「もっと自己啓発本とか読んで勉強したほうがいいよ」

「……」

「きみじゃどこも受かんないでしょ、就活」

「……」

「別店舗、行きたいとこある？」

「……辞めます」

「……」

「……」

12

出勤最終日、わたしは鉛のような身体(からだ)を無理やり起こし、朝の準備を整えた。

吐き気が止まらない。冷たい玄関ドアに額(ひたい)をつけたまま、十分が経(た)つ。

よし、行こう。行ける。わたしは行ける。

ようやく覚悟が決まったとき、スマートフォンが鳴った。職場で強制加入させられたLINEグループに、メッセージが投下されたのだった。店長だった。

『磯原(いそはら)さんはお亡くなりになりました。生き残ったわたしたちは今日もがんばりましょう』

画面に水滴が落ちる。涙だった。うずくまって必死に呼吸を整える。遅刻する……遅刻したくない……遅刻したら負けな気がする。人生で初めて、負けたくないと思っている自分がいた。

スクリーンショットを撮り、部長宛のメールに添付して送信した。

アパートから飛び出し、自転車にまたがった。ペダルを力一杯こぐと、この一ヶ月、嫌々(いやいや)通っていた道が、高速で過ぎていった。時計を見る。ギリギリだ。脳裏に言葉がよぎる。

『わたしは舐(な)められている』——

これまでの人生、ずっとそうだった。若い女ってだけでも舐められるのに、わたしはちいさいからなおさらだ。目上の立場の人間は絶対にわたしに敬語を使わないし、客だって最初から舐めた態度で接してくる。

クソが。

舐めるな。

全員噛み殺してやる。

人生で一度も使ったことのない攻撃的な言葉が、胸の奥からどんどん湧き出してくる。さらにペースを上げる。汗で視界がにじむ。きっと化粧はボロボロだ。肺が破れそう。でも止まれなかった。止まりたくなかった。

自転車を乗り捨て、店の裏口から入った。先輩と目が合った。ギョッとしていた。時計を見ると、あと一分ある。呼吸を整えながら、堂々と歩いていって、タイムカードを切った。ハンカチで汗を拭き、着替えを済ませる。髪をきゅっとむすぶ。手を洗いながら鏡を見る。ひどい顔だ。けれどキュビズムってほどではない。

店に出る。みんながわたしを見て、ギョッとしている。テーブルを拭いていた店長が顔をあげた。能面の表情のない目に、感情のゆらぎみたいなものが見えた。わたしと店長はしばし、向かい合っていた。

「店長……」わたしの背後、控室のほうから先輩が言った。「電話です……部長から」

店長はおびえたような仕草を見せ、わたしの横をすり抜けて控室へと行った。

わたしは淡々と仕事を始めた。みんな近づこうとしない。まるで透明な繭でもわたしのまわりにあるみたいに。厨房のキッチンペーパーが切れていた。在庫を取りにいくには、控室を通らなければならない。

ノックをして、控室に入る——

能面が泣いていた。しきりに電話のむこうに謝っている。

正直、胸がすっとした。

ざまあ、とわたしは思った。

キッチンペーパーを取ってきて、仕事に戻る。しばらくして、店長が戻ってきた。気まずい空気が流れる。こちらにまっすぐ近づいてきた。わたしはびくりとする。能面で表情が見えないけど、首筋が赤くなっている。

「仕事って、そんな簡単に辞められるんだ〜。社会ってそんな甘いもんじゃないんだよ？」

ポン！　と店長は鼓をたたく。

「そうやって人を悪者にして」

ポン！

「仕事できない自分が悪いくせに」

ポポン！

「あんたなんかどこ行っても同じ」

ポポポポポン！

みんなドン引きしながら見ているけども、助けには入らない。店長は鼓を鳴らしまくる。

ポンポンポンポンポンポン！

息が切れる。耳鳴りがする。意識が遠くなる。音が水中みたいにくぐもって聞こえる。目を閉じる。暗闇。何も聞こえなくなる。ふいに、わたしの声が、クリアに聞こえる。


うっせーな。


わたしは目を開けて、店長の鼓を奪い取った。肩にかつぎ、鋭く息を吐いて、叩く。

ポポポポポポポポポポポポポポポポ！

店長はギョッとしている。他のみんなも固まっている。胸がすっとしていく。わたしは悟る。

こいつらに理屈は通じない。パッションだ。ポケモンにはポケモンをぶつけ、パッションにはパッションをぶつけるのだ。

わたしのパッションを喰らえ！

ポポポポポポポポポポポポポポポポポポポポポポポポ!!

ふいに、店長の能面がポロリと落ちる。素顔が見える。

への
　　も
　　　へ
への

へのへのもへじだった。

なんて粗雑な……。わたしは勝利を確信した。パッションで勝った。パッション勝ちだ。

「お世話になりました」

仕上げにポン！　とやって、鼓を置いてそのまま退勤する。もう知るか、潰れろこんな店。

外に出ると、五月の清々しい晴れの日だった。卒業式を終えた後のような、なんでもできそうな、手付かずの午前――。

わたしは意味もなく、目的もなく、自転車をこぎまわった。あまりにも爽快すぎて涙が出た。雑居ビルの谷間から空を見上げた。何もかも落ちていきそうなくらい青かった。ぽつん、と白い雲が一個だけ浮いていた。ペダルをこぐと、フワリとママチャリごと浮き上がった。

わたしは雲にむかって飛んだ。

13

しばらくわたしは浮いていた。物理的に。床上三センチくらいをフワフワして、某ネコ型ロボットみたいにスイスイ歩いていた。うーむ、なかなか悪くないけどずっとこのままってわけにも……と思っていたら、ある日ふいに着地して、次の日には沈んでいた。床下三センチ。

べちょーっと横たわったまま、窓から空を眺めていた。ぐんにょりと魚眼レンズを通したみたいにゆがんだ空を、誰よりも低い位置から。部屋全体がスノーボールみたいに丸く閉じられていた。わたしはその底を這う眠たいウミウシだった。夜になってそのまま床で寝た。

次の日の朝、目覚めるとちょっとだけ気力があったので、キッチンまでうにうに這っていって、コーラを飲んでポテチを食べた。カロリーが身体を駆け巡った。それでまたうにうに移動してベッドに這いのぼった。

ベッドに沈んで動けなくなった。ベッドと一体化してしまった。

思考が溶けていく。時間が溶けていく。窓の外を雲が猛スピードで流れていく。まるでぐるぐる回る洗濯機から見ているみたいに。電話が鳴る。怖い。電話の音が怖い。放っておいてほしい。電話が沈黙する。ただこれだけでぐったり疲れて、眠りに落ちる。

——叩き起こされる。

電話が鳴っている。真っ暗闇のなかに、スマートフォンの明かりがぼうっと灯っている。布団を頭からかぶる。鳴り止まない。ついにわたしは、電話をとった。

『あんた、何してんの、電話にも出ないで！』

母だった。じわっと涙があふれてきた。わたしは助けを求めた。

『……わかった、じゃあ明日、朝イチで行くから！』

電話は切れた。うーむ、さすがは母、話が早い……。

朝イチ……朝イチって何時だろう。朝の八時くらいだろうか？　あと九時間……。

恐ろしい夜の闇が四方から迫ってくる。夜が頭のなかに入り込んで、脳みそが冷たくなっている。うなじに手をやると、穴が空いている。店長の爪が食い込んで長ネギの臭いがした傷跡が腐ってしまったんだろうか。穴からどんどん夜が入り込んできて、怖くてたまらなくなる。くるしくて、丸まって心臓のあたりをかきむしる――

いつの間にか、バスタブのなかにいた。

心地よい冷たさが身体に染みわたり、すこしずつ呼吸が落ち着いてくる。

わたしは海を思い浮かべる。あたたかい海――。おだやかな初夏の日差しと、うみねこの声。ふかふかの白い砂浜。父と母の出会った、魚の獲れるカーブ……。

やがて穏やかな眠りが、潮のように満ちてくる。

うしししししし……！

夢のなかでわたしは子供に戻っている。

バスタブのなかでやわらかいセミの声を聞いている。

かくれんぼ。

ここは安全地帯。


鬼に、わたしは見つけられない。

14

「めだか」


すっと、夢から醒めた。まぶしい光に目を細めた。

「……母？」

「あんた、なんでこんなとこで寝てんの！　部屋にいないから心配したでしょ！」

わたしは身を起こした。そういえば、緊急用に合鍵を渡してあったのだった。

「大丈夫？　食欲ある？」

「ない……」

「じゃあ、スープ作ったげるから、部屋で待っときな」

わたしは大人しく、体育座りをして待った。ポヤーンとして、まだ夢のなかにいるみたいだった。母が台所にいることが、なんとなくシュール。母は食材を持参したらしく、自分で包丁やまな板を見つけ、手早く料理した。

「ほら、食べな」

コンソメスープだった。いただきます、と言って、わたしは一口飲んだ。――ほっとした。肌の表面でささくれ立っていたものが、すうっとおさまっていく。

それから、母の運転でメンタルクリニックに行った。すでに抗不安薬を出してもらっていたので、話は早かった。

「うつ症状ですね。軽いお薬から始めて、様子を見ましょう。郡山（こおりやま）に知り合いの医師がいるので、そちらに引き継ぎをお願いしておきます」

選択的セロトニン再取り込み阻害薬（ＳＳＲＩ）を一日一回夕飯後に飲み、これまで飲んでいた抗不安薬は頓服（とんぷく）で飲むことになった。

「どうする？　今日、郡山に帰れる？　アパートで様子見する？」

「うちに帰る」

とりあえずアパートから必要なものだけ担ぎ出し、郡山に向かった。

「お父さんがね、最近、おならしなくなったのよ」

「えっ、なんで？」

「おならしたら罰金百円ってことにしたら止まったの。ケチよね〜」

うーむ、相変わらずアホだな、父……。

わたしが店長にいじめられている間にも、磯原家の生活はつづいていた——そう考えると、なんだか変な感じがした。わたしがそこに含まれていないことに、違和感がある。

母は最近ハマっている韓国ドラマの話を始め、わたしは後部座席でうとうとする。たぶん、さっき飲んだ抗不安薬の副作用だろう。目が覚めたらもう、着いていた。

玄関ドアを開けると、懐かしい匂いがした。たった一ヶ月で、もう懐かしかった。

紅茶を飲みながら居間でぼーっとしていると、父が帰ってきた。

「おう、めだか、お帰り、大丈夫か？」

「あんまり大丈夫じゃない」

父はなんだかご機嫌だった。どんな理由でも、とりあえず娘が帰ってくると嬉しいらしい。

つづいて兄も帰ってくる。社会人になっても相変わらず、寝癖がぴょこんと立っている。

「うおっ、めだか、なんでいんの？」

「いろいろあってね」

兄はボードゲームを持ってきて、テーブルでいじりながら、チラチラッとこちらを見る。わたしは目を逸らす。兄は社会人になってから、『カタン』だとか『アグリコラ』だとか、やたらと買い込んで、そのほとんどは一度もプレイされないまま積まれていた。

「おっ、父が相手をしてやろう」

「え〜、親父、弱いんだよな〜」

「なにを小癪なっ」

ふたりがワチャワチャしているのを、わたしはぼーっと眺めた。幼いころ引っ越してきた日のことを思い出した。あのときも、ハウスダストのせいか、こんなふうにぼーっとなった。


ポン！　と鼓の音が鳴った。


目が覚めた。夜中の二時だった。息がくるしくなった。

大丈夫、と自分に言い聞かせる。明日は会社に行かなくていい。もう二度と行かなくていいのだ……。わかっていても鼓の音がどこからともなく聞こえ、般若の顔がまぶたの裏にちらつく。脳みそが冷たくなる。うなじに手をやると、深い穴が空いている。

「母……」

わたしは自分の部屋のベッドから出て、両親の寝室へむかった。ドアに手をかける。

――開かなかった。

鍵はついていないのに。重たくて開かなかった。

わたしは自分の部屋から掛け布団をとり、一階へ降りた。風呂場に入り、バスタブのなかに掛け布団を敷いて、もぐりこんだ。心が落ち着いていく。身体が輪郭を取り戻していく。

だいじょうぶ。

だいじょうぶ……。

わたしはようやく眠りについた。

それからわたしは、バスタブで暮らし始めた。

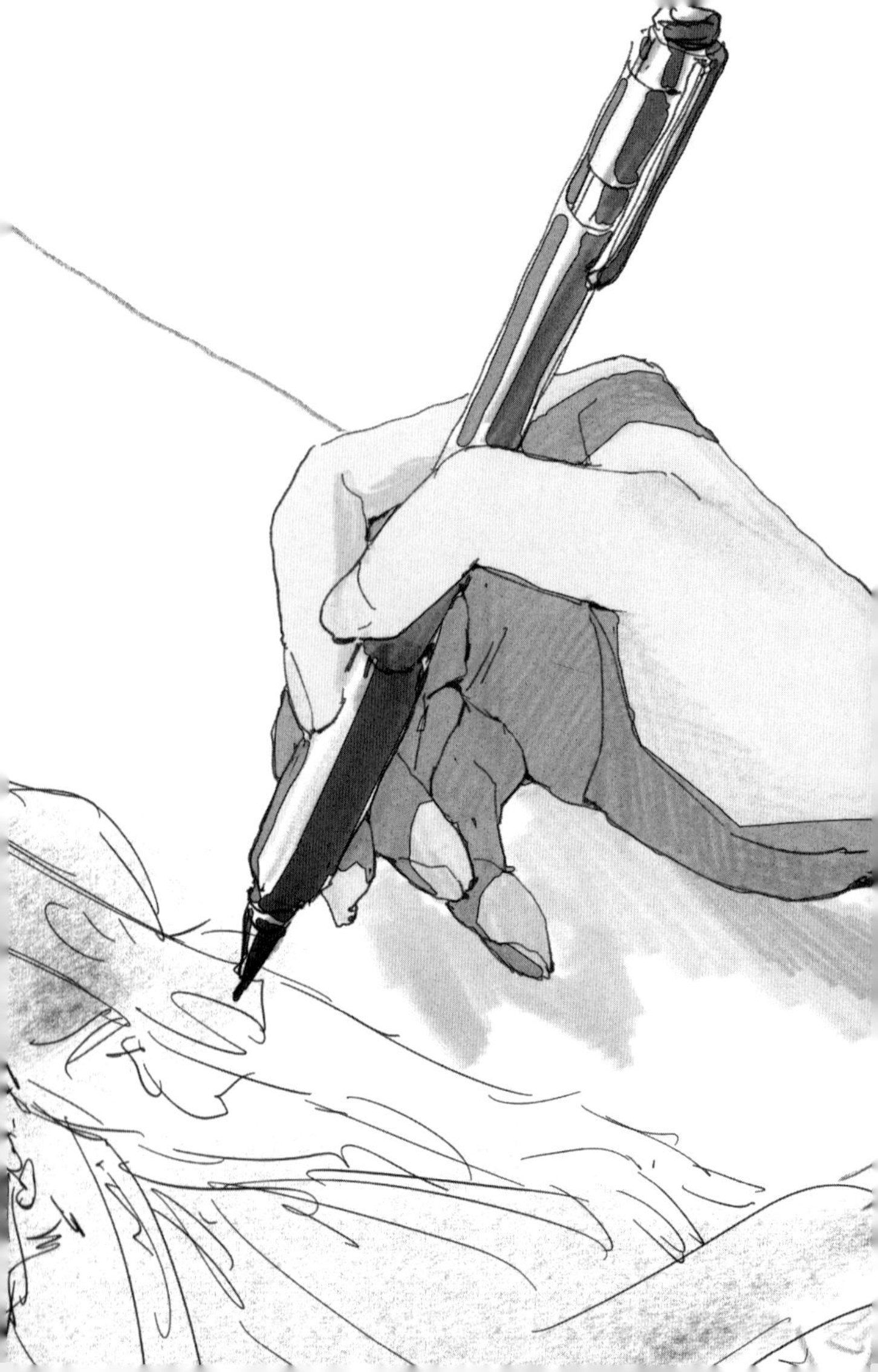

第二章

1

バスタブはタイムカプセルだった。体調を崩したわたしは一日に二十時間以上も寝た。薄いマットレスを敷き、布団も持ち込んで、二十四時間そこにいた。最初の二日は、家族の寝静まった夜中に起きた。

しん——と静まった暗闇のなかを、バスタブから抜け出した。まるで泥棒みたいにそろりそろりと歩き、冷蔵庫を物色する。母が取り分けておいてくれた夕飯を、電子レンジで温めて食べた。もともと食欲らしい食欲もないので、燃料補給のような感じ。一人暮らし中はコンビニ弁当ばかり食べていた。けれど、母が適当に作った野菜炒めが、とても美味しく感じられた。

三日目にようやく、家族の夕飯シーンに出くわした。

「めだか、なんでバスタブで寝てるの？　お風呂入れなくて困ってるんだけど」

母に言われた。そりゃそうだ、とわたしは思った。

「バスタブから出ると、具合が悪くなるから……」

そうとしか言えない。兄はニヤリと笑って、

「新種の吸血鬼みたいだな」

「まあ、いいじゃないの。しばらくは」

父が言った。なんだか顔がツヤツヤしている。わたしがバスタブを占拠しているあいだ、みんなで銭湯に行っていたらしい。父は快楽主義者なので、ケチな割にこういうことにはガバガバで、大義名分ができてご機嫌なのだ。箸の進みが遅いのを見るに、サウナ上がりにコーヒー牛乳まで飲んでいるに違いない。そんなんだから血糖値が下がらないのである。

こういったわけで、わたしはバスタブ暮らしを許された。

「お前はいつ起きてるんだかわからん」

兄の指示で、家族のＬＩＮＥグループが作られ、わたしは起床時・就寝時の一回、スタンプを送信することになった。兄はこういったシステム化みたいなことが昔から得意だ。

やがて実家に帰ってから一週間が経ち、クリニックの受診日がきた。

ここで問題がひとつ。お風呂に入らなくてはならない。

もうずっと入浴していなかった。わたしは代謝が低いのか、無臭で髪もそんなにべとつかないのだけれど、さすがにそのままでは抵抗がある。しかし、何もかもがだるくて辛くて、なかなか動けない。結局、あきらめて、濡れタオルで体を拭き、洗面台で髪を洗った。

――クリニックの先生は優しそうな女の人で、わたしはほっとした。

「血圧と心拍数が低いですね……」

「あっ、それはもともとです。健康診断とかでも、よく言われてました」

一般に、小さい動物のほうが、心拍数が高い。ネズミは毎分三百〜四百回以上もあるのに、クジラは毎分三回くらいしかない。わたしはちいさいのに低いので、ふしぎだ。

「うーん……甲状腺（こうじょうせん）の数値が低いと、うつ病様の症状が出ることがあるので、本当は血液検査を受けてもらいたいんですが――」先生はわたしを頭のうえからつま先まで見た。「今回はやめておきましょう」

「そうしましょう」

注射は苦手だ。打ったあとはいつも、気持ち悪くて一時間くらい横になる。

まだ様子見ということで、前回と同じ薬が二週間ぶん出された。

そんなに長引くこともないだろうと思われていたバスタブ暮らしだけれども、さらに一週・二週とつづくにつれ、『あれっ、おかしいな？』という空気が流れはじめた。

『めだか、まだ出られそうにないの……？』

母がおずおずと訊（き）いた。スマートフォンでの通話だった。わたしがあまりにも籠（こ）もっているので、家族との会話が自然と通話に移行していたのである。

「うん……。やっぱり、出ると具合が悪くなる……」

なぜそんなことになっているのか、自分でもよくわからなかった。

起きている時間が短く、複雑なこともできないので、スマートフォンでずっと動画を観（み）ていた。動物の映像ばかり観た。猫や犬などのペットや、深海に棲む奇妙な生き物……。

それから、VTuberにたどり着いた。二次元の女の子が楽しそうにゲームしていた。たくさんの視聴者が和気藹々とコメントしている。落ち着くので、ずうっと視聴するようになった。

まさかこのあと、自分がそのVTuberになろうとは、夢にも思っていなかった。

2

お風呂をすっかり諦めてしまい、数日おきの清拭と洗髪ですませるようになると、今度はバスタブ暮らしを快適にするほうに思考が向き始めた。

階段下の物置から延長コードを持ってきて、脱衣所から電気を引っ張り、事故防止のため水道の元栓を閉めた。これで、充電しながら動画を観続けられるようになった。

「楽だ……」

一気に快適になった。すると、すこし体調が良くなり、生活リズムも改善されてきた。これはどんどんバスタブを快適にしていかなければならない。

ネットで小型冷蔵庫を買ってお風呂場に置き、いちごミルクのパックを詰めた。これでどうにも食欲がないときでもカロリー補給が可能になる。電気ケトルも持ち込む。起床・就寝時のＬＩＮＥスタンプ送信も、ショートカットボタンひとつでできるように設定した。

工夫すればするほど、生活は楽になる。

「いいじゃん、いいじゃん〜」

進化した風呂場を見て、兄が言った。こういう秘密基地みたいなのが好きなのだ。

「俺もいじっていい――？」

そういうわけで、まずは照明器具から。現状では、いったん脱衣所まで出なければ操作できないので不便だ。兄はスマート電球を買ってきて、スマートフォンで操作できるようにした。

さらに、窓にカーテンを取り付け、それも設定した時間に自動で開くようにした。

「さらにさらに」

スマートスピーカーを設置し、それらと連動した。『カーテンを開いて』とスピーカーに言うと、ウィーンと開いた。うるさめだけれど、どうせ目覚まし代わりだから問題ない。

「おおお〜！　さすが兄、謎にクリエイティブ……！」

「ムフフフフ」

兄は自分の仕事をうっとりと眺め、にんまりと笑った。


その日の夜、早苗ちゃんが電話をかけてきた。

わたしはびくっとした。電話はかかってくるだけで怖い。

早苗ちゃんは有名大学に入り、東京の優良企業に就職したはずだった。ＳＮＳにも華やかな写真をのっけたりしている。一方のわたしは、バスタブでコアラくらい寝ている。なんという差……。まあ、他人と比べてもしょうがない。そもそもキャリアウーマンなんて、磯原めだかの対義語に近い概念だ。わたしは電話をとった。

『めだか～久しぶり、最近元気～？』

「ぜんぜん元気じゃないよ～」

わたしは顛末を語り、最終的には号泣しながらの会話となった。泣いたのはわたしではなく、早苗ちゃんだ。最初は『東京楽しいよ～仕事も勉強になる～』などと言っていたのだけれど、わたしがドン底にいると聞いて逆に安心したのか、仕事が辛い……と漏らし始めたのだった。

『忙しすぎて……。残業すると評価下がるから、家でずっと仕事してんの。何やってんだかわかんなくなってきちゃった……。こんなに苦しい思いして働く必要あるのかな……』

わたしは心から共感した。みんな同じように苦しんでいるんだなと思った。

ひとしきり泣くと、早苗ちゃんはだんだん落ち着いてきて、

「めだかのかわいい声聞いてると、なんか癒やされる……。また電話してもいいかな？」

「もちろんいいよ。いつでもかけてきて」

それから毎日かかってくるようになる。平日は夜、休日は昼間から。たいていの場合、早苗ちゃんは持ち帰った仕事をしながら通話していた。わたしは本棚を風呂場に持ち込み、マンガを読みながらダラダラと話した。

「『カードキャプターさくら』貸して〜」

兄がしょっちゅうマンガを借りにくるようになった。昔は『妹が読んでるから、保護者のボクもしょうがなく……ね……？』みたいな感じで言い訳がましく鑑賞していたのだけれど、堂々とくるあたり、成長したなあと思う。

「ところで妹よ。父母から通話がうるさいと苦情が来ている」

「ああ……お風呂場は響くよね……」

わたしはバスタブのなかに潜り込み、風呂蓋をとじて、

「どう、これ、防音になってる？」

「うーん、あんま変わんないな」

蓋を開けて外に出ると、兄がニヤリと笑って、言った。

「そうだ、防音室を作ろう――！」

数日後、兄はテントみたいな形状のものを持ってきた。段ボール製で、表面はかわいい布で装飾され、裏面には複数の防音シート・マットが重ね貼りされていた。

「これ、ちょっとちいさくない？　なかに入れるかな？」

「チッチッチッ……」兄はわざとらしく指を振った。「ちょっと表に出てな」

わたしは脱衣所で体育座りをして、何やらガタゴトやっているのを、ぼーっと待った。

三十分後――扉を開けて、わたしは思わず「うわっ！」とさけんだ。

　さきほどの〝テント〟が、バスタブのうえに吊られていたのである。吊っているロープは、天井に設置された滑車を経由して、壁の装置に接続されている。

「さあ、バスタブに入って、入って」

　それから、スーパーファミコンのコントローラーを手渡してきた。父が昔遊んでいたゲーム機。壊れて押し入れの肥やしになっていたのを改造したのだろう。ケーブルの代わりに、発信器が埋め込まれている。

「⇩ボタンを押しているあいだ防音室が下がり、⇧ボタンでは上がる」

　わたしは⇩ボタンを押した。ウィーン……と音を立てて、防音室が下りてくる。

「うわわわわわわ……！」思わず変な声が出た。

　防音室はすっぽりとバスタブにはまり、一個の部屋になった。

「うわあ、すごい！　すごい！」

　真っ暗闇のなかで声をあげた。わたしは⇧ボタンを押して防音室を上げ、

「兄！　すごい！　天才！」

「ムフフフフフ……」兄の鼻はピノキオくらい伸びた。「防音機能のテストをしよう。真っ暗になったら、Lボタンを押してくれ」

　わたしは⇩ボタンを押して防音室を下降させ、真っ暗闇になると、Lボタンを押した。

　パッ、と防音室内の電灯がともった。

生首の恐ろしい形相が浮かび上がった。

「ぎゃああああああーっ!!」

わたしはパニックになり転げまわった。それからようやく、生首が『殺人鬼ウニ子百人殺し』であることに気がつく。わたしは魂が抜けたような状態で、⇧ボタンを押した。

ゆっくりと、兄のニヤリと笑う顔が現れた。

「防音機能はバッチリだな」

3

思えば、兄はずっと前からこんなふうに、謎にクリエイティブで、イタズラ好きだった。

ここで、わたしの『腎臓（じんぞう）のかたちをした漬物石』と、兄の『うんこ太郎の冒険』にまつわる話を披露したい。

我が家のキッチンの床下には、収納スペースがある。

はじめは日持ちする野菜を保管していたのだけれど、そのうち漬物樽(だる)が占拠するようになった。母はその蓋(ふた)に、ドン、と大きな石をのせて言った。

「このね。漬物石のね。重さが大事なのよ。重さで味が変わるの」

その石は、腎臓のかたちをしていた。左腎なのか右腎なのか定かではないが、とにかく似ていた。赤黒くて、つやつやして、豆のようにも見える。

なんとなく、不気味な石だとずっと思っていた。

ある日、かくれんぼをして、わたしが鬼になり、兄を探した。キッチンに行くと、床下に気配を感じた。耳をつけると、ごそごそと、かすかな音……。うしししし、とわたしは笑い、床下収納の扉をあけた。

兄はいなかった。

いるはずがない。収納スペースは漬物樽ひとつでいっぱいいっぱいなのだ。ネズミ一匹入れない。――では、何が音を立てたんだろう?

この腎臓のかたちをした石だ、と思った。これはきっと、誰も見ていないときにひとりでに動くのだ。わたしは蓋をギリギリまで閉じて、隙間(すきま)から見張る。腎臓のかたちをした石は、てらてらと暗闇に濡(ぬ)れて、身体(からだ)から取り出されたばかりのように見える。

……動かない。わたしは諦(あきら)めて蓋を閉じた。

直後、ごとり、と音がした。わたしはワッと逃げだして、自分の部屋の布団に隠れてぶるぶる震えた。やがて、兄がやってきて言った。「あれっ、めだかが鬼じゃないの……？」

しばらくはキッチンに入ることもできなかったけれど、そのうちすっかり忘れてしまった。

ところが、わたしが小学五年生、兄が小学六年生のときの夏。わたしは腎臓(じんぞう)のかたちをした石の夢を見る。暗闇のなかに、その石がうずくまっている。わたしにはなぜかそれがはっきりと見える。石は生きている。蘇(よみがえ)り、血を通わせている。そしてふいに、ごとりと動く——

汗びっしょりで目を覚まし、キッチンへと向かった。電気をつけ、床下収納を覗(のぞ)く……。

そこに石はなかった。その日から石は行方不明になった。

「あれえ、変ねえ……」母も首をひねった。

その一週間後、ふいに腎臓のかたちをした漬物石が現れる。わたしのお腹のなかに。お風呂(ふろ)に入っているとき、とつぜんズシリと重たくなったので、危うく溺(おぼ)れかけるところだった。それからわたしはお腹のなかに漬物石をかかえて生活するハメになった。重たくて、ごりごり内臓が擦れるような感じがして、頭痛もしてくる。だいたい月に一度、漬物石はお腹のなかにワープしてきてしばらく滞在し、またどこかへ消える。まるで出張の多い営業マンがビジネスホテルを利用するみたいに。

わたしは独自に図書館で調査した。すると意外にも、古(いにしえ)から稀(まれ)に起こる現象だと判明した。

フランス革命時の有名な風刺画に、聖職者と貴族と重税に押し潰(つぶ)される平民を描いたものがある。旧制度(アンシャン・レジーム)を揶揄(やゆ)したもので、重税は大きな岩として表現され、聖職者と貴族はそのうえに乗っかっている。その隣のページに、大きな角張った石にお腹を押し潰されそうになっている貴婦人の挿絵があった。

マリー・アントワネットだった。

ラバール鉱山産の観賞用の蛍石が、ある日とつぜんお腹のなかにワープするようになり、ひどく苦しんだという。彼女は衝撃の名言を残していた。

『石が来るなら、お菓子を食べればいいじゃない』

痛みを甘味でごまかす大荒技である。要するに対処法はないということであった。

さらに調べると、かの有名な彫刻家オーギュスト・ロダンもこの現象に悩まされていたとわかる。あの『考える人』も、一般にはダンテの『神曲』がモチーフだとされているが、実はワープへの悩みを表現したものだという説がある。『考える人』が座っている石がそれだ。そりゃ、あんな大きいのがとつぜんワープしてきたら誰だって考えこむ。石で生まれる意思。

わたしは痛み止めを飲んでごまかしごまかし学校に通うけれど、限界が来て、担任の教師に訴える。腎臓のかたちをした石がワープしてきて辛いので、ときどき学校を休ませてください。

「あぁ～？」担任の花星が、鼻の横についている大きなホクロをボリボリとかいた。鼻くそをほじっているみたいだと生徒から不評な仕草だ。「なんだ、お前もか」

わたしは目を丸くした。

「他にもわたしみたいな子がいるんですか？」

「緑川がな。居間に飾ってあったアポフィライトだそうだ」

アポフィライト……なんだか名前の響きが宝石っぽい。わたしもそういうかわいいのがよかった。なんでわたしは腎臓のかたちをした漬物石なんだ……。

花星はまたボリボリやりながら、

「緑川は学校を休ませてくれなんて言ってこないぞ。お前、甘えてんじゃないのか？」

「甘え、ですか……？」わたしは愕然とした。「漬物石がワープしてきてるのに？」

「緑川はアポフィライトだぞ。ギザギザしてて、しかもデカいそうだ」

「わたしのやつも大きいし、ものすごく重いです。よく漬かるやつです……」

「でもギザギザしてないだろ？　緑川のほうが辛いはずだ。お前が休むと、俺の仕事も増えるし、同級生もプリントを届けたりしなくちゃならなくなるんだぞ。そのへんをよく考えろ」

わたしはしくしく泣きながら下校した。悔しくて呪った。あいつ、自分はちっこい尿路結石で七転八倒して一週間も休んだくせに。花星なんか、学校の『定礎』って彫られたでっかい石がワープしてきてもう一歩も動けなくなればいいのだ。家に着いてから調べて、アポフィライトの和名が魚眼石であることを知り、「わたし、めだかなんだから、魚眼石でいいじゃん……！」とビミョーな運命の不一致もなんか悔しくて泣く。

「うおっ、どしたどした？」

学校から帰ってきて困惑する兄に、わたしは事情を説明した。すると兄はフンッと鼻を鳴らし、言った。

「よし、おれに任せろ。花星に復讐してやる」

4

「号外っ！　号外ーっ！」

　それから二週間後、学校の廊下で兄が何やら盛大に紙を配っていた。ゴシップが面白おかしく書かれた学校新聞だった。なるほど、これで花星の悪事を告発するのか……と思ったら、そんなことは一行も書いてなかった。

「先生ェーっ！　ついに最新作が！」

「ウホホホホ！　やった！　やった！」

「今作のデキはどうですか!?」

　さっそく、兄の男友達三人がやってきた。兄も合わせて、母に『四バカトリオ』と呼ばれている面々である。なぜ〝四人〟なのに〝トリオ〟なのかというと、そっちのほうがバカっぽいからとのこと。それくらいバカである。

「ウム……今回はネ……自信作だヨ……」

「うおおーっ！　ついにうんこ太郎と薩摩藩士の勝負が決着するんですね！」

なんだそれは……わたしは手元の新聞に目を落とした。紙面の四分の一が『クソまんが・うんこ太郎の冒険』という漫画で占められている。絵は下手なのだが、妙にツボを押さえていて面白く、謎の味わいがある。

「傑作っ……！　圧倒的傑作だっ……！」

四バカトリオの真面目担当、メガネなどは涙まで流している。あだ名の由来はメガネをかけているからである。バカである。もうひとりの大きいのは、ブーと呼ばれている。高木ブーに似ているのが由来。これもバカである。最後の細いのはシワス。せかせかしていて師走っぽいということが由来。やっぱりバカである。

しかしこの新聞、いつの間にか大流行りしていたようで、読者がつぎつぎに群がってきた。兄は『先生』とあがめられるようになり、メガネを担当編集としてこき使い、ファンを引き連れて大威張りで廊下を闊歩した。頭には手塚治虫みたいな帽子をチョコンとのっけて、めちゃくちゃ調子に乗っている。

「兄よ……いったい、これになんの意味が……？」

「まあ、見とけ見とけ」

そしてある日、コトは起こった。

「号外っ！　号外ーっ！　大事件だ！」

『スクープ！　怪人つまみ食い男！』――花星の写真がでかでかと載っていた。ゆり子先生の机からこっそりお饅頭を盗む瞬間だった。『うんこ太郎の冒険』もこれを茶化す内容になっている。——と、ようやく気がついた。うんこ太郎が花星とよく似ていることに。鼻の横に大きなホクロがついている。兄は最初からこの展開を狙っていたのだ。

平常時なら『別に饅頭くらい……』となりそうなものだが、これまでの積み重ねが功を奏し、花星はものすごい笑い者になった。これはもともと花星が嫌われ者であったこともあるので、自業自得の面も大きい。

これをよく思わなかった花星、ついに元凶を発見し、兄を職員室に呼び出した。花星は自分の悪行を棚にあげて叱りつけ、学校新聞の即時停止を命令した。兄はしょんぼりと肩を落として去り、衆人の哀れを誘った。

「兄……」わたしは心配になって、帰路、声をかけた。

兄は振り向いた。ニヤリと笑っていた。

翌日の放課後、空き教室で謎の集会が開かれた。兄は登壇し、拳を振り上げてさけんだ。

「我々には言論の自由、表現の自由があるーッ！」

抗議集会だった。「そうだそうだーっ！」と集まった生徒たちも拳を突きあげた。兄はどこで憶えたのか、活動家さながら、大げさな身振りをまじえつつ、

「あのような邪智暴虐を赦してよいのか!?　クソ漫画に愛を！　光を！　翼を！」

演説を繰り広げる兄の横に、四バカトリオの三人が、応援団のように仁王立ちして控えてい

た。額には、『うんこ過激派』と書かれたハチマキを巻いている。

兄は目に涙を浮かべながら、哀れを誘う声で言う。

「クソ漫画が我々を兄弟に……同じ穴のムジナ、いや、同じ肥溜めのクソにしてくれた。クソ漫画には深い味わいがある。高貴な文化のかほりがある。母のようなとこしえの愛がある……」

聴衆はぐすぐすと鼻を鳴らし、涙をぬぐった。兄は両手をあげてさけぶ。

「クソ漫画バンザイ！」

聴衆たちもさけぶ。

「クソ漫画バンザイ！」

「クソ漫画バンザイ！」

「クソ漫画バンザイ！」

わたしはあぜんとして、この異様な光景をただただ眺めていた。

翌日からゲリラたちの暗躍が始まった。小学生らしい邪悪な頭脳を駆使して暴れまわり、着実に花星にストレスを与えた。その成果は、目に見えるかたちで現れた。花星の鼻のホクロが巨大化し始めたのである。どうやらイライラしてボリボリ掻くせいらしかった。

そんなある日、授業参観があった。

花星のホクロは拳大にまでなっており、もはや花星が教えているのかホクロが教えているのかわからなかった。胡麻堂くんというとんでもない悪ガキが、授業参観で浮かれたのか、花星を煽りだした。保護者たちは困惑し、たがいに目配せ。花星は業を煮やし、胡麻堂くんの前まで来て、しかりつけた。すると胡麻堂くんが言った。

「息がクサい……喋るな、うんこ」

この瞬間、花星に限界が来た。ゆでだこのように真っ赤になり、むくっと膨れたかと思うと、

パァン――――！　とホクロが音を立てて破裂した。

花星と胡麻堂くんは血まみれになった。

教室は阿鼻叫喚のさわぎ。これが問題となって、花星は減給のうえ他校へ異動になった。

胡麻堂くんは血を浴びたショックのせいかすっかり大人しくなり、休み時間には乙女のように花を愛でるようになった。

わたしは驚愕した。めちゃくちゃとしか思えなかったのに、気がつけば見事、復讐が完遂されている。当の本人は、飄々とした態度を崩さず、連載を卒業まで続け、

「あー、楽しかった」

手塚治虫みたいなベレー帽を、帽子かけにひょいっとナイスシュートした。

そしてもう二度と、その帽子はかぶらなかった。

5

わたしはくすくすと笑った。思い出すたび、愉快な気持ちになる。

腎臓のかたちをした漬物石は、いまだにお腹のなかにワープしつづけている。わたしは毎日十二時間眠り、漬物石のワープに耐えている。誰もそんな苦しみがわたしにあることを想像だにしない。説明したところで、『それって、どれくらい辛いんですか?』と訊かれるのがオチだ。

防音室もできて体調も安定し始めたわたしは、お風呂場を可愛くする。

スマートスピーカーに、気分が軽やかになるような曲をリクエストすると、ザ・ドリフターズ（高木ブーがいる日本のではなくて、アメリカのコーラス・グループのほう）の『アップ・オン・ザ・ルーフ』が流れた。

お気楽で美しいメロディーは、仕事を辞めたあとママチャリで飛んだときに、ビルの谷間から見た雲を思い出させる。窓を開けると、気持ちのいい風が吹きこんだ。

シャンプーや石鹸などを運び出し、代わりに化粧品や、雑貨、観葉植物などを持ち込む。壁には吸盤を使って絵を飾った。かわいい青いポピーの花が、白い背景によく映える。蔦に小さい花の咲くデザインのウォールステッカーを貼り、人工蔦をポイントで使って立体感を出す。天井からも星を思わせるステンドグラスを吊って、全体に統一感を出す——

段ボール箱から、ちいさな羊のぬいぐるみをザラザラとバスタブに落とした。大きな羊のぬいぐるみも買った。これで、いろいろな姿勢で長時間通話しても平気になるはずだ。

二階の自分の部屋へ行き、荷物をあさっていると、声がした。

「あっ……めっめめめっめっ、めだかちゃん!?」

顔をあげると、向かいのベランダで、蒼くんが目を丸くしていた。

「あっ――」わたしはもう二日もシャンプーしていないことに思い当たった。……まあいいか、あそこからじゃ気がつかないだろう。蒼くん相手だから恥ずかしさもそれほどない。

「めだかちゃん、帰ってきてたの!?　また月曜までには仙台に行く感じ!?」

「い、いや～」説明が面倒くさい。「仕事、辞めまして」

「ええっ!?　クビ!?」

「クビではないんだけども……」

そのときちょうど、目当てのアロマディフューザーを見つけ出した。

「わかった、じゃあ、あとで電話して説明するね」

「うん、待ってるねーっ！」

蒼くんはにっこり笑って手をブンブン振り、しっぽも振った。何歳になっても子犬である。

わたしは浴室に戻ると、窓を閉じ、ベルガモットの香りのディフューザーを置く。わたしは深く呼吸をして、それからすこし眠った。

夢のなかでクリニックの診察を受けた。調子はどうですか、と訊かれ、わたしは答えた。

「バスタブが進化しています」

「バスタブが進化している」

先生は神妙な顔をして繰り返した。そしてカルテに『バスタブ進化』と書いた。

6

蒼くんからしょっちゅう電話がかかってくるようになった。防音室もあるし、時間もあり余っているので、拒絶する理由もない。ただ、電話が鳴るのはストレスなので、通話がしたいときには蒼くんがメッセージを送り、わたしのほうからかけることになった。なんでこんなややこしいことを……？　と、ふと我に返る瞬間もありつつ。

『め、めだかちゃん、あぶくま洞とか行かない？　涼しいし面白いよ』

『め、めだかちゃん、ビッグアイのプラネタリウム観ようよ。何年も行ってないでしょ？』

『め、めだかちゃん、猪苗代湖で泳ごうよ。ぼく、ローンで新車買ったんだよね……』

け、健気すぎる……。毎回、新しいプランを用意して、ものすごく勇気を出している。

「ご、ごめん、バスタブから出られなくて……。違う女の子、誘って……」

『……』

沈黙が痛い。申し訳ない。蒼くんには他のかわいい女の子と幸せになってほしい。

一方で、早苗ちゃんはお酒にハマり始める。ワインとかウイスキーとか、ちょっと高いやつに手を出して、飲みながら仕事をしつつ電話をかけてくる。大丈夫か……？　と心配になるけれど、「酒に溺れて死ぬなら本望よ！」などと言いだしたのでやっぱりダメかもしれない。

『そうだ、めだか、ゲーム実況しない？』

酒樽と香りにまつわる話からいきなり切り替わったので、一瞬、ぽかんとなった。

『やってみると楽しいよ。わたし顔も出してる。コメント読みながらお酒飲んだりとか』

「へえ～、顔とか出して大丈夫なの？」

『めだか、時代に取り残されてるよ。わたしこの前なんか飲みすぎてゲロ吐いたよ』

「え、何やってんの？」

『昨日は仕事帰りで足臭かったから、ストッキングぬいで洗濯するところ実況中継した』

「ほんとに何やってんの……？」

早苗ちゃんは社会人になってから道を踏み外し始めているような気がする。

結局、その週の土曜日に、YouTubeでゲーム実況をやる。『マインクラフト』という、立方体のブロックでできたどこまでも続く世界で冒険するオープンワールドのゲームだ。

ブロックを自在に撤去・設置して建築物を作ったり、石炭や鉄鉱石を掘り出して製鉄して武器にしたり、動物を繁殖させて食糧にしたりなど、抽象化された世界で自由に生活や創造を楽しめる。論理回路を組み立て、コンピューターを構築することさえできるのだ。現在では世界で一番売れたゲームとなっていて、ほぼすべての実況者がこのゲームを通るといっても過言ではない。わたしの好きなVTuberも定期的にプレイしていた。

わたしは簡易机をバスタブ内に置き、ノートPCをのせていた。最初は窮屈に感じたけども、慣れてしまうとかえって快適だ。防音室を下ろすと、最高の実況環境のできあがり。

『こんばんは～エスです、今日は友達のエムちゃんと一緒にマイクラやるよ～』

「こ、こんばんは……エムです……よろしくお願いします……」

わたしの声はイヤホン付属のマイクから入力された。わたしも早苗ちゃんも音声だけで、顔は出していない。視聴者は三十人前後。ひとクラスぶんもいる……。わたしが普段観ているVTuberは万単位で集まるので、もちろん比べるべくもないけども、国語の授業の音読などでも緊張していたわたしには、けっこう荷が重い。

『こんばんは～』『今日はふたり!?』『声かわいい』『エムちゃんよろしくね』……

コメントが次々と流れる。緊張して変な汗が出てくる。

早苗ちゃんがゲームを立ち上げる。ブロックでできた広大な草原が目の前に現れた。遠くに山があり、手前にニワトリが歩いている。太陽がまぶしく感じられる。

「うわぁ、すごい、外に出た感覚。ニワトリかわいい～」

『あはは、あ、エムちゃんはマイクラ初プレイだよ』

早苗ちゃんが言うと、『初々しい』とか『かわいい』だとか、好意的なコメントが流れた。

マインクラフトのマップは広大で、地球の表面積より遥(はる)かに大きい。早苗ちゃんは迷子にならないように、ブロックを重ねて細長い塔を建てた。

わたしは事前にある程度は練習してきたのだけれど、あまりうまく動けず、わたわたしていた。ゲームはポケモンくらいしかやらないので、得意じゃないのだ。

ゲーム自体の処理も重たかった。わたしのノートPCはグラフィックボード非搭載で、本来3Dゲームには向かないのだ。グラフィック品質を下げ、なんとか動くように調整する。

『まずは家作ろう！　家！』

早苗ちゃんに促されて、周囲の木を伐採し木材ブロックに加工して、豆腐型の簡単な家を作り、扉をつけた。そうこうしているうちに、ゲーム世界は夜になってしまう。

『やばい、夜はモンスター出てくるからキケン！　家に入って入って！』

「うわ、わ、わっ！」

わたしはあわてて家のなかに避難した。早苗ちゃんが部屋に一本だけ松明(たいまつ)を立てた。屋外から、ゾンビや大蜘蛛(ぐも)が徘徊(はいかい)する恐ろしい音が聞こえてくる。わたしは原始人の気持ちを追体験した。松明の炎が心強い。

『ベッドがあれば、すぐに朝になるんだけどね。夜が明けたら作ろうか』

朝まで暇なので、わたしは間(ま)を持たせるため、仕事を辞めてバスタブに引きこもっている話をした。中途半端な知り合いより、赤の他人の視聴者のほうが、かえって話しやすい。

『店長ヤバ～』『重い……』『バスタブ生活!?』『面白すぎる笑笑』……。

コメントが次々と流れる。大ウケだった。しばらくすると、太陽が昇り始めた。

「やった～、夜明けだ～っ！」

わたしは嬉々として家の外に出た。すぐ近くに、緑色の長方形みたいなやつがいた。

「ん？　なんだこいつ？」

『あーっ！　そいつヤバい！　爆発するやつ!!』

ボンっ！　という音とともに視界が揺れ、わたしは周囲の地形とともに爆散した。わたしはビクッとしてかなり生々しい悲鳴をあげてしまった。死んだキャラクターは、持ち物をすべてその場に落として、復活する。一生懸命に建てた家が、一瞬にして半壊していた。

「あーっ、わたしたちの家がーっ！」

……そんなこんなで、わちゃわちゃ二時間くらい実況して、今夜はここまでということになった。視聴者数を見て、びっくりした。いつの間にか、百人にまで増えていた。スーパーチャットという投げ銭のシステムで誰かが二千円くれ、わたしたちはお礼を言った。

『今日は見てくれてありがと～またね～』

配信が切れると、ふう、と早苗ちゃんは息をついて、

『めだか、あんた、声かわいいし、面白いし、配信の才能あるよ』

7

初回はビギナーズラックだったのだろう。二回目の視聴者数は六十人程度に留(とど)まった——が、回を重ねるごとに順調に増えていった。女の子ふたりが実況しているという構図に、そもそも需要があるのかもしれない。早苗ちゃんは『S&Mコンビ実況』という誤解を受けそうな名前をわざとつけた。早苗ちゃんが社会に出てから身につけた薄汚さである。

わたしは『マインクラフト』にハマって、配信外でもしょっちゅう遊ぶようになった。自分で目標を立て、すこしずつ実現することを繰り返していると、減退した実行力が回復していくような感じがした。会社の新人研修で習った、PDCAサイクル——計画(Plan)・実行(Do)・評価(Check)・改善(Action)の繰り返しが、自然に訓練されるのだ。メンタルにもすごく良かった。地下深く潜り、洞穴音を聞きながら石炭や鉄を黙々と掘っていると、なんとも言えず落ち着いた。

視聴者が増えていき、お小遣い稼ぎができるようになると、休日に長時間配信するようになった。そうなると、排熱の問題が出てくる。防音室内に熱が籠(こ)もってしまうのだ。そもそもバスタブは保温性が高く、梱包(こんぽう)材のごとく詰めたぬいぐるみも、それに拍車をかけていた。

「なるほどなるほど……」

兄は嬉々として改造に取り掛かった。冷房設備の導入である。

突っ張り棒で天井部に作った棚に、スポットクーラーを設置し、冷風排出口を防音室に、温風排出口を窓枠にはめたパネルから屋外に、ダクトを使ってそれぞれ接続した。

「ワット数の問題が出てくるな……」

ひとつのコンセントにつき、合計一五〇〇ワットまでしか電力を供給できず、オーバーすると火災の原因になるらしい。現在、たこ足配線につながっている家電で主なものは、『ミニ冷蔵庫・八〇』、『電気ケトル・一二五〇』、『ノートPC・三〇』、『スマートフォン充電器・二〇』、『スマートスピーカー・一五』――合計一三九五ワット。スポットクーラーは八〇〇ワットだから、電気ケトルを同時使用しなければ大丈夫だろうけれども、念のため、脱衣所の別のコンセントから延長コードを引っ張ってきた。

「これでよし、実験してみよう」

三十分ほどゲームし、クーラーを調整すると、二十度前後で安定した。

――大成功だ！

「兄、ありがとう！　天才！」

「ムフフフフ……。あっ、でも、うちの親父ケチだからなあ……」

後日、実況プレイ中に、いきなりブレーカーが落ちた。母が電子レンジを起動した直後だった。これではどうしようもない。父に電気代を支払って、契約アンペア数を六〇まで上げた。

それですっかり快適になった。

さらに兄は、冷房のリモコンを、コントローラーに組み込んだ。Rボタンを押すと起動し、X・Yボタンで強弱を調整できる。

夏になり暑くなると、寝る時にも防音室を下げ、冷房をつけるようになった。ごく狭い空間なので効率が良く、電気代もそれほどかからない。虫やカエルの声に悩まされることもなく、快適に眠れ、体調にも好影響だった。

失業保険は一年間の勤務が条件なので受給できなかったけれど、貯金にはまだ余裕があるし、扶養に入っていて収入もほぼないので税金・社会保険料も支払わなくていいし、年金も留保されている。体調を良くすることだけ考えていればいい。それがひどくありがたかった。

それでもときどき、真夜中にポン！　と鼓の音が聞こえて飛び起きることがあった。とくに、腎臓(じんぞう)のかたちをした漬物石がワープしてきているときに。そんなときは羊のぬいぐるみのラムちゃんを抱きしめて、嵐が過ぎ去るのをじっと待った。

そのうち、VTuberがやっている、ASMR動画を見つけた。『Autonomous Sensory Meridian Response』の略で、『自律感覚絶頂反応』と訳すらしい。石鹸(せっけん)を包丁で切るサクサクという音だとか、耳かきをするゴソゴソという音などを聴き続けると、脳や背中がゾワゾワするような感覚になり、リラックスや安眠の効果がある。

イヤホンをつけて横になった。VTuberの女の子が、かわいい声でささやいて、耳かきをしてくれたりだとか、マイクをタッピングしたりして、心地の良い音を作って寝かせてくれる。

おかげでようやく、わたしは眠りにつくことができた。

8

「めだか、朝食だけは、家族みんなで食べましょ」

母はそういうのを大事にする。わたしはそれを尊重した。

家族の朝食は七時半。十二時間の睡眠を確保するためには、夜の七時半に寝なければならない。が、早苗ちゃんとゲーム実況をやっているので、それは不可能だった。そこで、睡眠を二分割してみることにした。夜に八時間寝て、昼すぎに四時間寝る。——これが、とても上手くはまった。体調が明らかに良くなり、寝起きで頭がスッキリしている状態が一日に二回くるので、集中力も増した。これなら学生時代の勉強ももっと良くできたのに、と思う。いろんな生活リズムの人間をぜんぶ同じ時間割に押し込めることに、そもそも無理があるのだ。

「じゃあ、めだか、『パン焼き係』に復帰ね」

母はにこにこしてトースターを手渡してきた。うわあ、面倒だなあ、と思うと同時に、ちょっと嬉しかった。わたしは食パンを焼いて、みんなに配った。久々に円満な朝食だった。

「めだか、海で溺れかけたの、憶えてる?」

　母はおもむろに昔話をした。もう何度も聞かされた笑い話だった。

　わたしがまだ三歳のとき、家族で海水浴にいった。わたしは足入れタイプの浮き輪でぷかぷかと、母のそばに浮かんでいた。兄は猛烈な勢いで父を砂浜に埋めながら、手を振った。

「顔は埋めちゃだめよ！　お父さん死んじゃうからね！」

　母がそう呼びかけて笑い、パッとわたしを振り返ると、〝犬神家(いぬがみけ)〟になっていた。

　横溝正史(よこみぞせいし)原作・市川崑(いちかわこん)監督作の映画『犬神家の一族』の、パッケージにもなっている、衝撃的なワンシーン。水面から足だけが突き出ているあれだ。浮き輪がなぜか、ひっくり返ってしまったのである。

「ふつう、暴れるでしょ。シーンとしてるんだもん。お母さん、楳図(うめず)かずおの漫画(まんが)みたいな悲鳴あげちゃった」

　もう何度も話しているので、『犬神家』だとか『楳図かずおの漫画みたいな』とか、誇張表現もちょいちょい挟まる。

　足が浮き輪からすっぽ抜けて海中へと消えたわたしを、母が救ったのだった。この話は兄と父には大ウケで、二年に一回くらいは食卓の話題にあがる。わたしにはちょっと恥ずかしい。

「最後に家族で海に行ったのって、いつだったっけ？」と、父が言った。

「わたしが小学6年生のときが最後」

「もうそんなに前だったか……。そうか。震災後は行けなかったもんな」

磯原（いそはら）家の海水浴は、母の実家に顔を見せたついでに薄磯（うすいそ）海水浴場へ、というのがいつものパターンだった。東日本大震災があったのは、わたしが中学一年生になる年の二〇一一年三月十一日。その年、いわき市の海水浴場はぜんぶ閉まってしまった。勿来（なこそ）海水浴場は翌年に再開したものの、例年は十八万人いた来場者が八千人程度にとどまった。薄磯海水浴場が、大規模な護岸工事のすえに再開したのは二〇一七年。そのころには、家族で海水浴に行くような年齢でもなくなっていた。

わたしは震災の日のことを思い出した。

そのときわたしは小学校にいた。卒業式を間近に控えた六年生。猛烈な揺れにみんなパニックになっていたけれど、わたしは冷静にスッと机のしたにもぐった。桜ケ丘（さくらがおか）は被害が軽いほうで、小学校も図書室などがぐちゃぐちゃになった以外は、目立った怪我（けが）人などもなかった。

親が迎えに来られない生徒は、教職員に引率されて集団下校した。そういうわけでわたしと蒼（あおい）くんは同時に家に帰り、同時に家の惨状を目にし、同時にベランダに出て、同時に言った。

「部屋ぐちゃぐちゃ〜！」

少しして兄と美代（みよ）ちゃんも帰ってきて、ベランダ子供会議が開かれた。

「電気もつかない」

「とりあえず、手回し充電器と食料探そう」

そうこうしているうちに、大人たちが仕事を切り上げて帰ってきた。郵便局員の父がいちばん早く帰ってきて、看護師の母は病院がてんやわんやで、すぐには帰って来られなかった。ベランダ大人会議が開かれ、磯原家の庭にテントが設置された。宿泊用ではなく、雰囲気づくりである。子供たちが動揺しないように楽しくキャンプごっこしましょう、みたいなことだったのだろう。

両家の停電した冷蔵庫から食材を持ち寄った結果、カレーを作ることになった。料理上手の美代ちゃんに教えてもらって、わたしも隣で作業した。美代ちゃんはいつもニコニコしていて優しい。兄と蒼くんは庭の隅に炉を作って火を起こし、米を炊いていた。兄はイタズラしようとしてこっちにもチラチラと顔を出していたけれど、結局何もしなかった。美代ちゃんにはイタズラできないのだった。

やたら肉がたっぷりだけど、ニンジン抜きのカレーが出来上がると、母も帰ってきてみんなでいただきます、と夕飯を食べた。母は明日も朝早くから仕事だと漏らしていたけど、カレーを食べると元気になった。

わたしたち子供はテントのなかで人生ゲームをした。わたしは大金持ちになり、六人の子供をつくって一位になった。ゲームに飽きると、家のベランダに上がって、にぎやかな庭を眺めた。空を見上げると、星がきれいだった。不謹慎かもしれないけれど、楽しいな、と思った。

最悪の日でも、家族がいたから、明るかった。

9

ゲーム実況は順調だった。やればやるほど視聴者が増えていった。スーパーチャットも馬鹿にならない額になり、仙台で住んでいたアパートの家賃がギリギリ賄えるくらいまでになった。

『やっぱり、若いオナゴは強いわ』

早苗(さなえ)ちゃんはおじさんみたいなことを言った。しかし、早苗ちゃんの仕事が忙しくなり、わたしが個人でプレイしている時間が長くなりつつあった。

『もったいない！』早苗ちゃんは電話口でさけんだ。『せっかくだから実況しながらやりな！』

そういうわけで、わたしは自分のチャンネルを開設した。すぐに登録者数が増えた。早苗ちゃんのチャンネルのファンがこっちにも来てくれたのだ。

ここでまた、問題が発生した。ＰＣのスペック不足である。マインクラフトだけでも、画質を落としてどうにか動かしているような状態だったのに、さらに実況用のソフトなども起動すると、頻繁にフリーズしてしまう。

「買うか、パソコン……」

というわけで、いろいろと見漁(みあさ)った。ゲーミングノートＰＣなら十万円ほどで購入でき、マインクラフトも余裕で動くという。その旨を兄に相談してみた。

「デスクトップを買いなさい」兄は即答した。「ノートPCには拡張性がない。これからもっと重たいゲームをやることになるかもしれないし、思い切って高めのやつがいいべ」

結局、兄が選んでくれた。総額約二十万円で、モニターとキーボード、マウス、ヘッドセットなども含めた値段だ。高い……。けれど買うことにした。すでにいくらか稼げているし、投資だと考えれば悪くない。

数日後、巨大な箱が自宅に届いた。浴室まで苦労して運び、梱包をといた。高いお金を出して買ったのだと思うと、ひときわ光り輝いて見える。しかし、大きすぎて、単純にバスタブに持ち込むわけにはいかなかった。

休日になると、兄が作業に取り掛かった。

PC本体を、突っ張り棒で作った棚の、スポットクーラーの隣に収める。モニター・デスク・キーボード・マウス・ヘッドセットなどは防音室に組み込んで、同時に昇降するようにした。コード類は天井部に小さな穴をあけて通した。傾きを補正するために錘も追加。——すると、防音室全体の重量が増すことになり、天井と滑車、壁面とモーター間の接着力に、不安が出てくる。そこで兄はまた突っ張り棒を二本追加し、それらを補った。

「これでよし、ちょっとやってみてくれ」

わたしはバスタブに入り、防音室を下ろして、スタートボタンを押す。これでおそらくPC本体の電源が入ったはずだった。やがて、モニターが煌々とともった。キーボードとマウスが七色の光を放ち、ヘッドホンからウィンドウズの起動音が鳴り響く――

ついに、バスタブが宇宙船のコックピットみたいになってしまった。


その日の夜から、わたしはゲーム実況を始めた。

ひとりで間を持たせるのはなかなか大変だった。単純に、ふたりのときの倍はしゃべらないといけない。あえて大げさなリアクションを取ることもしばしばだった。

マインクラフトには動物もたくさん出てくるので、豆知識を披露するのも役に立った。

「ウミガメは砂浜で、一回に百個くらい産卵するんだよ〜。でも、八割くらいしか孵化しなくて、赤ちゃんも数千分の一しか生き残れないんだよね……。過酷だ……。わたしがカメだったら、とっくに死んでるよ……」

『なんでそんなこと知ってるの?』とコメントされて、思わず笑ってしまう。たしかに、自分でも謎だ。父がテレビで自然ドキュメンタリー系の番組をよく観ていたからかもしれない。

採掘作業などでシーンが単調になると、わたしは〝低身長ネタ〟を話すようになる。

「東京で電車に乗ったとき、荷物棚に手が届かなくて、親切な人が代わりに荷物をあげてくれたんだよね。で、降りる駅に着いたら、いつの間にか、さっきの人いなくなってて。わたしパニクって、何を思ったか、めちゃくちゃジャンプしちゃったんだよね。そしたら外国人のお兄さんが取ってくれて、ヘイ、ナイスジャンプ、ドリンクモアミルクって。で、オールレディ、バット、アイムジャンピングって返したら、お兄さん爆笑してお菓子くれた〜」

コメント欄が『w』（笑いを表すネットスラング）で埋まる。

この世界では、弱みは強みに裏返るのだと学んだ。人と違う人生を送ってきたことが、そのまま価値になる。『星の砂』みたいな感じで、地獄の土を小瓶に入れて持って帰ってくると、そこから無限にいい出汁がとれるのだ。早苗ちゃんが残業の果てにようやく脱いだストッキングとかも、地獄の土の一部なのだ。たぶん。

10

早苗ちゃんがいよいよ忙しくなってしまい、ゲーム実況に参加しなくなった。

どうやら恋愛も絡んでいるらしかった。先輩に素敵な人がいて、いつも残業して職場に残っているので、接点を持とうと、早苗ちゃんまで残るようになったのだそうな。

三国志が好きな人らしく、よく諸葛亮だとか赤壁の戦いだとかを引き合いに出すそうで、早苗ちゃんは吉川英治の『三国志』全十二巻を大人買いしたのだけれど、三十ページで挫折。

『わたし、気づいたんだけど、戦に興味ないなって』

そこで別の方面から攻めることにして、映画を観始める。時間がないので、二倍速で。

「二倍速――？　それって内容理解できるの？」

『できるできる。コツがあるの』

そのコツは、要するに予習復習だった。映画を観る前に、あらすじだとかネタバレだとかを把握し、本編は倍速で観て、終わったら監督インタビューだとかレビューだとかを読む。

「え～……それって楽しいの？」

『別に楽しくはないけど、それくらいのペースで観ないと話合わせらんないじゃん』

要するに、早苗ちゃんは攻略しているのだった。先輩を攻略するために映画を攻略している。ゲームみたいに。そこには効率の追求があるだけで、罪悪感とかは特にない。

「映画って、たくさんの人が魂削って作ってるんだよ？　ちょっと乱暴じゃない？」

『べつに、こっちだってお金払ってるし、二時間無駄にするより良くない？』

早苗ちゃんがボロクソにこきおろしたその映画を、わたしも観て、ものすごく感動する。画面の端々まで作り手のこだわりと愛情が詰まっている。レビューサイトに、早苗ちゃんが書いたのと思わしき酷評レビューを見つけて、残念な気持ちになる。これ、ミュージカルなんだから、そりゃ二倍速で観たらつまんないって……。

わたしはちょっと気持ち悪くなる。耳の奥で声がする。

『いつまで待たせんの？　もう十五分も待ってんだけど？』——

月見里（つきみさと）さんが怪我（けが）をしてるのに、文句を言ってきた五十代のおじさん。思い出すだけで息がくるしくなる。もう顔も思い出せない。目を閉じて浮かんでくるのは、アレだ。

への
　もへ
への

へのへのもへじ。

ただただ、粗雑な印象だけが残る。いやらしくて不快な匿名性。

あんなに怒ったのに。

あんなに厭（いや）だったのに。

あんなに残酷だったのに。

わたしはもう思い出せない。

傷痕だけがまだ生々しく残っている。

人間は生まれたときからへのへのもへじで、成長と共に顔を獲得するのだろうか？　それとも生まれたときは持っていた顔を失って、へのへのもへじになってしまうのだろうか？　『何者かになりたい』と、かつて早苗ちゃんは言った。いま、自分がへのへのもへじになりつつあることに、ちゃんと気がついているのだろうか――?

『何者か』になる――それが、へ、の、へ、の、も、へ、じではなくなる、ということを意味するのならば、わたしはそうなりたいと、切実に思った。それはきっと、早苗ちゃんのいう『何者か』ではないのだろうけれど。

とりあえずわたしは、へのへのもへじの顔をした人たちを、『へのへのもへ人』と命名する。

11

配信を繰り返ししていくうちに、視聴者数の伸びが鈍化し始めた。先進国の人口グラフみたいな感じで、そのうち横ばいになり長期的には減少に転じそうな予感があった。

このまま伸ばしていきたいなら、何か新しいことをする必要がある。以前のわたしなら、別にいいや～って感じだったのだろうけど、ふと、VTuberをやってみたい、と思った。いちばん辛いときに観て救われたコンテンツを、わたしも生産してみたい。高いモチベーションがあるわけではなかったけれど、目標さえ決まっていれば、一歩一歩、近づいていける。

わたしは、『VTuber　なり方』と検索することから始めた。

まず、VTuberには、『法人勢』と『個人勢』がいる。

法人勢は、企業に所属して活動する人々のことで、さまざまな恩恵がある。サポートを受けられたり、企業案件を受注しやすくなったり、『箱推し』と呼ばれるファンを獲得しやすくなったり……。もちろんその代わり、収益の一部は企業へと流れることになる。個人勢は、文字通り個人で活動する人々で、すべてを自分でやっていかなければならない。

「……でも、個人勢になるしか選択肢がないな」

法人勢になるためには、面接を受けて合格しなければならない。ほぼほぼ就職活動みたいなものだ。わたしはいまのところ就職するつもりもないし、面接に受かる気もしなかった。

必要な機材についても調べた。顔などを認識してアバターを動かすためのウェブカメラと、音声をよりクリアに入力するためのマイクがいる。この二つの合計で二万円弱。

そしてなんといっても、アバターを入手しなければならない。無料のアプリケーションを使って、部品の組み合わせで作ったりもできるけれども、それ相応の仕上がりになる。建売住宅みたいな感じで、既製品を買い取るルートもあるけれど、どうせならオリジナルを作りたい。

わたしは自分の部屋の押し入れから、ノートを引っ張り出してきた。趣味でたまにイラストを描(か)いていた。オリジナルキャラクターもけっこういて、できは悪くない。

——ふと、目が留まった。

グリム童話の『眠り姫』をモチーフにしたキャラだった。ブルーのドレス、黒い荊、白い髪、氷のような色の薔薇(ばら)の髪飾り……。名前は『黒杜(くろもり)いばら』とある。

これだ、と思った。そのキャラをアレンジすることにした。

まずは『初音ミク』のフィギュアを見て研究する。バスタブの角に置いて、いろんな角度から眺める。洗練されたデザインで、とてもかわいい。手には長ネギを持っている。

西洋美術にはアトリビュートという概念があり、神さまや伝説上の人物は、それらを象徴する持ち物と一緒に描かれる。例えば、酒の神ディオニュソスだったら葡萄、美の女神アフロディテだったら薔薇、というふうに。長ネギもきっとアトリビュートで、ミクちゃんはやっぱり女神なんだなあ〜とわたしは思う。ふと、うなじに手をやる。長ネギの臭いのする傷口はふさがっているけれど、いまでもまだ夜中にときどき穴があいている。

――さて、と『黒杜いばら』のデザインに取り掛かる。

まず、全体的にシルエットが野暮ったい。現代風に洗練されなくてはならない。髪はロングからショートに。ドレスはデコルテを美しく強調して、ウエストはきゅっと細く、スカートは優雅なひれのように、黒タイツのラインがきれいに見えるようにする。

次に、細部を詰める。青薔薇の髪飾りは細かく描き込み、ブルーのドレスは一部を花柄のレースにして、肌が透けるようにしてアクセントをつける。幽閉されている感じを出すため、アールヌーヴォー風の鉄門と、黒い荊のイメージをデザインに織り込む。

眠り姫は呪いをかけられて、糸車の針が指に刺さって眠りに落ちる。糸車をアトリビュートとして盛り込もう。光背みたいな感じで、でっかい黒紫色の糸車が回っているようにしようかと思ったけれど、画面の邪魔になりそうなのでやめる。代わりに、氷の結晶みたいな質感にしてチョーカーにぶら下げる。

丸一日かけて、ようやくデザインが完成した。さらにそれを三日かけて、タブレットを使ってデジタルイラストに起こした。ようやくできあがったキャラクターを、わたしは惚れ惚れと眺めた。こんなの、無職じゃなかったら絶対に作れなかっただろう。

あとはこれを、Live2Dにすればいい。イラストのパーツを細かく分けてそれぞれにアニメーションをつけることで、立体的に動かすことができる。ソフトを使えば自分で作ることもできるけれども、技術と時間の兼ね合いから、外注することにした。イラスト既存のため割引され、料金は五万円。わたしは指定口座に代金を振り込んだ。

――二十日ほどで、『黒杜いばら』は納品された。

もう八月で、夏真っ盛りだった。

防音室を下ろすと、セミの声が遠ざかり、自分の鼓動が聞こえた。いつもは他人よりもずっと遅いのに、すごく速くなっていた。ＰＣを起動し、各種ソフトウェアを立ち上げ、配信の準備をする。『黒杜いばら』のチャンネルとツイッターアカウントは開設済みで、今日この時刻に初配信を行うことは事前に告知済みだ。

動作確認――ウェブカメラが捉えたわたしの表情・動作に合わせ、画面の右下でかわいい黒杜いばらが同じように動く。わたしは自分が変身したような気がする。魔法少女に変身したいと、子供のころに思っていたみたいに。

バッチリだ。

わたしは深呼吸を繰り返す。

予告した時間に、配信を開始した。

『おっ、始まった』『こんにちはー』『かわいい』『美少女！』

待機してくれていた人たちのコメントがさっそく流れる。S&M実況時代からのファンからもいるけれども、気を遣ってくれているのか、前世の話はしない。

閉ざされた城の部屋を背景に、眠り姫がほほえんだ。

「こんにちは。初めまして。黒杜いばらです」

12

黒杜いばらは順調に視聴者を増やした。

これまでとは違う層も観てくれるようになった。やっぱり、間口が広いというのはそれだけで強い。録画を客観的に見直しても、かわいい女の子がリアクションしているだけで画面が華やかだし、エモーショナルで伝わりやすい。VTuberになってよかった、と心から思った。

わたしは念願だったASMRの準備に取りかかる。

まずはマイクが必要だ。ふだんから使っている配信用のものでも構わないのだけれど、できれば立体音響で、視聴者が実際にその場にいるみたいに聴こえるようにしたい。そのためにはバイノーラルマイクが必要だ。

ネットで、『ＫＵ１００』というハイエンドのマイクを眺めながら、よだれが出そうになる。人間の頭部を模したダミーヘッド型で、耳周辺はポリウレタン、その他の大部分は黒く塗装された木製で、こすったり、こつこつ叩いたりするだけで脳がとろけるような音が出る。

しかし、お値段――百万円オーバー。片腎を売らないといけないような額である。片副腎皮質くらいでどうにかならないだろうか。なんだったら漬物石をおまけしてもいい。これが物欲というやつか、とわたしは思った。

『兄、ＡＳＭＲやりたい。ＫＵ１００買って』

冗談でメッセージを送り、他の数万円のバイノーラルマイクを物色する。

――と、三十分後くらいに返事。

『いいよ。三日まって』

……まじで？　いや、さすがに百万円は……と思いつつ、他のマイクを買うでもなく待機。

三日後、兄は赤いリボンのついた箱を持ってきた。

わたしは箱のまえに正座し、内心わくわくしつつ、

「開けていい？」

「いいよ」

わたしは箱を見て、もう一度、兄を見て、

「びっくり箱じゃない？」

「びっくり箱じゃないよ」

わたしは安心して、箱を開けた。


生首が入っていた。


わたしは悲鳴をあげた。兄は手をたたいて笑う。わたしは目に涙をうかべてさけぶ。

「〝ＫＵ１００〟じゃなくて、〝殺人鬼ウニ子百人殺し（Killer Uniko 100）〟じゃん！」

「まあまあ、よく見てみ」

兄にうながされ、おそるおそる、首を持ち上げた。首から何やらコードが伸び、先っぽに端子がついている。わたしはぽかんとなった。兄は手品師みたいに怪しい手つきをして言う。

「お望みのバイノーラルマイクだ」

――ウニ子の端子をＰＣのジャックに挿入し、ヘッドホンをつける。兄が傍（かたわ）らで説明する。

「必要なのは三つ。安くて高音質なエレクテットコンデンサーマイク、百円ショップのイヤホン、三・五ミリメートルミニプラグ。イヤホンはコイルを外して外装とケーブルだけ使い、マイクとプラグをちょちょいとはんだ付けする。するとこれだけで高音質マイクの完成だ。こいつをウニ子の鼓膜部分に埋め込んで、おまけに耳はシリコン製のやつに付け替えておいたゾ」

わたしは耳かきで、ウニ子の耳をくすぐった。ヘッドホンからぞくぞくするような音が鳴った。強化プラスチックの肌を、爪でそうっとこする。しゅううううわあっと脳が泡立つような音がする――

「いい声で鳴くやん、ウニ子……」

わたしは思わず言った。兄はものすごいドヤ顔をしていた。バカと天才は紙一重、どっちの言葉をかけようか、わたしは迷った。――が、結局は屈服して、

「兄……天才だよ……」

兄はニヤリとして、ムフフフフフ、と笑った。

13

わたしは家中からＡＳＭＲに使えそうなものをかき集めてきた。

箱入りアーモンドチョコレート、櫛（くし）、ジェル化粧水、筆、炭酸水、綿棒……。とりあえず、

よく使われるものを。そしてひと通り練習して、夜を待った。

二十三時――わたしは配信を開始した。二十四時終了の予定。

「こんばらー」わたしはリスナーが考えてくれた夜の挨拶(あいさつ)をする。ちなみに昼の挨拶は『こんもりー』だ。「今日は、初めてのASMR配信やるね。みんな、そのまま寝落ちしてね」

わたしはウニ子の耳元でささやくように言った。けっこう恥ずかしいのだけれど、ウニ子のシュール感がそれを軽減している。めちゃくちゃ顔がこわい。

「まずは、耳かきしてあげるね……」

わたしは綿棒で、ウニ子の耳をそうっとこする。ごそごそとぬくい音がする。眠れるように、ゆったりとしたペースでつづける。右耳をやり、左耳をやる。これだけでもう、十分が経(た)つ。

一時間なんかあっという間だ。

「次はお耳のマッサージ……」

シリコンの耳を両手で包み込むようにして揉む。ぎゅううううじゅわわわ、と鼓膜をやわらかく押すような音がする。わたしまで眠くなってくる。ふと思いついてジェル化粧水を手につけて、その状態で耳を揉む。さっきより粘性のある音がする。ぬうるるるるぽんっ、ぬうるるるるぽんっ、とますます気持ちいい。

三十分が経った。視聴者数は減っていないけれど、コメントは減っている。たぶんみんな寝落ちしているか、画面を見ないで聴き入っている。わたしは黙々とつづける。

アーモンドチョコのビニールの外装をかさかさと鳴らす。内箱と外箱をスリスリこする。チョコを箱のなかでころころ転がす。中敷の紙をしょりしょり鳴らす。チョコをこりこりと噛（か）む。

炭酸水をコップに注ぎ、ぱちぱちと鳴らす。

櫛（くし）の歯の部分をハープのようにぽろぽろと鳴らす。

ウニ子に母のかつらをかぶせ、髪をしゅうううっと梳く。

こつこつとウニ子のひたいを指先でリズミカルにたたく。頬（ほお）から耳にかけて、爪でそうっとこする。筆先で顔を撫（な）でる。円を描くように、じらすように撫で、耳の穴をくすぐる——

あっという間に一時間が経った。

「じゃあ、配信終わるね。みんな、おやすみ……」

わたしは配信を切った。ふう、と息をついた。なんとかこなすことができた。これは奥が深い……。まだまだ改善点もあるし、無限にいろんな音を作り出せそうだ。

わたしは使った道具を片付けて、ひと仕事終えた満足感にひたりながら、眠りについた。

翌朝、昨夜の配信のアーカイブにコメントがついていた。たぶん女の子からだった。

『最近、不眠気味だったんだけど、いばらちゃんのおかげでぐっすり眠れたよ、ありがとう！』

胸のあたりがほわほわと温かくなった。今晩もがんばろう、とわたしは思った。

それからまた早速、ＡＳＭＲの練習に取りかかった。

14

コンコンコンコン、とバスタブがノックされた。

わたしはあわてて、防音室を上昇させた。母が、見知らぬ森に迷い込んだみたいに、きょろきょろとバスルームを見回していた。

「ちょっと、いつの間にこんなことになってたの⁉」

「あはは……いつの間にか、進化してしまいまして……」

「とんでもないね、こりゃ……。どうせまた、いさきが調子に乗ったんでしょ?」

「さすが母、ご名答」

母はため息をついた。

「まったく……。今日、お母さん、病院。お昼は冷蔵庫。何かあったら携帯のほうにね」

「うん、わかった、行ってらっしゃい」

母の罹(かか)った乳がんは、術後十年が経過しないと完治とならないので、いまだに薬を飲みながら、定期的に検査を受けている。

母を送り出したあと、わたしは浴室の窓を開けた。夏の終わりの切ない匂(にお)いがした。もう八月も末だ。バスタブに引きこもっているあいだに、季節がひとつ、終わってしまった……。

わたしはこういうとき、悲しくなってしまうタイプの人間だった。何か大事なものをまたひとつ、どこかに置き忘れてきてしまったような気持ちになる。

ふと思い立って、部屋から油絵セットを持ってきた。高校の選択科目で、美術を習ったときに購入したものだった。わたしは授業外でも描いていたので、キャンバスなど必要な道具はひと通り揃っている。

わたしは青い絵の具を油でとき、バスチェアに座って、窓から見える空の絵を描き始めた。

わたしは空の絵が好きだ。授業のときにも空を描き、最高傑作ができたのだけれど、評価はBだった。『モチーフが平凡で、構図が単調です』。ああ、そう……。なんだか好きな気持ちとか切ない気持ちを雑にばっさり切り捨てられたような感じがしてしまって、それ以来、油絵は描いていなかった。

久しぶりに描くと、やっぱり楽しかった。自由にやるのがいちばんだ。

鼻歌をうたいながら筆を走らせていると、蒼くんからメッセージが来た。

『もう夏も終わるね。なんかこのままじゃもったいないから、花火しない？』

――花火！　それはいまのわたしの気分にピッタリはまった。

『いいね、やろう！』

すると、すぐに蒼くんから電話がかかってきた。

『め、めだかちゃん、ほんとに花火やってくれるの？』

「うん、ちょうど、そんな気分だったの。外に出ると具合悪くなるから、ベランダでいい？」

『も、もちろん！　よし、花火、ぼくが買ってくるね！　どんなのがやりたい？』

「線香花火かなあ」

『シブくていいね！』

暗くなり始めると、絵筆を置き、自分の部屋へと向かった。

——と、兄の部屋から声がする。

「ババーン！　なんと、その正体は邪悪な魔法使い！」

「うわー、なんと！」「ウホホホホホ……！」「やべー、オレ体力ないよー！」

四バカトリオの声だった。たぶん『ダンジョンズ＆ドラゴンズ』とかをやって遊んでいるのだ。大人になってもつるみ、温泉旅行に行ったり、ゲームをやったりしている四人である。

「決戦の前にションベン！」

いきなり、ガチャリと扉が開き、大男とはち合わせした。ブーだった。

「アッ！　めだかちゃん！」ブーは目を丸くして、「久しぶりだねー！　元気だった？」

「あっ、どうも……まあまあ……」

「ウホホー！」ブーは頰を染めた。「めだかちゃん相変わらずかわいいね～！」

「ブーはめだかちゃんのことほんと好きですねー」とメガネが言った。

「なんか、母性がわくのよ！　そろそろ母乳が出そう！」

「なにィー母乳ゥー？」シワスがブーの豊かなバストをパパン！　と往復ビンタして、「こんなに腫らして苦しかろう、どれ、オレが吸ってやる！」

「あっ、なにをっ……。うわっ。や。やめろっ。あっ……」

うーむ、相変わらずバカだなあ……。

「ベランダで蒼がイソイソと準備してたけど、なんかあんの？」と、兄が訊いた。

「花火やるんだってー」

「花火！」兄は目を輝かせた。「おい、お前ら、花火やろう！」

「花火！」「花火！」「花火！」

四バカトリオはさけぶと、早速、家を飛び出して花火を買いに行った。小学生が財力と移動力を手に入れたようなものだから、手がつけられない。やれやれ、と思いつつ、わたしはベランダに出て、蒼くんに声をかける。

「お待たせー。誘ってくれてありがとう。ほんと、ちょうど花火か何かやりたかったんだよね」

「あっ、めだかちゃん。それはよかった。よかった」

わたしはバケツに水を汲んでくる。蒼くんはボールにロープを巻いて、こちらに投げてきた。わたしはそれをキャッチして、手すりのしたを通してから投げ返す。蒼くんはロープを結び、ベランダ同士をつなぐ輪っかを作った。簡易輸送システムのできあがり。蒼くんは花火の入ったビニール袋を結びつけてロープをするすると回し、こちらへ受け渡した。

「懐かしいね、この感じ」

わたしは言った。子供時代はよく、こうやってお菓子などをやりとりして遊んだものだ。ほかにも糸電話を無駄に使って内緒話をしたりだとか。

「そうだねー。いっかい、綱渡りしようとして、めちゃくちゃ怒られたっけ」

「あはは、あったあった」

すっかり暗くなると、花火に火をつけた。シュウウウウ、と音を立てて、色とりどりの火花が噴き出す。蒼くんの楽しそうな顔が、むかいのベランダでぼうっと光った。

やがて、四バカトリオが帰ってきた。庭で花火を始めて、にわかに騒がしくなる。

「あれー、いさき兄も花火？　偶然だなあ」と、蒼くんはのほほんと言った。

すると、親たちも庭に出てきて参戦しだした。今日は休日なので、検査に行っている母以外はみんないる。美代ちゃんも出てきて、兄の隣で大きな花火を手に、楽しそうにしている。

わたしは線香花火に火をつけた。真っ赤な玉が、じじじじじ……と音を立て、かすかに震える。この音、ウニ子を通して聴いたら、気持ちいいんじゃないかな、と無意識に考える。

「あっ、やめろっ――――！」

庭からブーのさけび声がした。見ると、シワスがブーのズボンに、巨大花火をはさんだのだった。お尻からものすごい勢いで、カラフルな火花が発射される。なんだか、綺麗な尾羽をもつ発情期の鳥みたいだった。ブーは悲鳴をあげて、やたらめったら走りまわり、ドテッと前のめりに倒れた。ぷりぷりしたお尻が、バースデーケーキみたいな華やかさで浮かびあがった。

爆笑が起こった。わたしも手を叩いて笑った。

――ふと、花火に照らされた蒼くんと、目が合った。

「めだかちゃんが笑ってるとぼくも嬉しいな。花火、用意してよかった！」

蒼くんはにこっと天使みたいに笑った。

わたしは思いがけず――きゅん、としてしまった。

「……うん。ありがとね。ほんとに……」

わたしはもごもごと言った。たぶん、ちょっと顔も赤くなっている。

やがて、母が帰ってきた。やれやれと言いながら、ベランダに来て、わたしの隣に腰掛ける。

蒼くんは下の騒がしいほうへ行った。母とふたり、まったりと線香花火をながめる。


じじじじじじじ……

パチパチパチパチ……


「一時はどうなることかと思ったけど……」母はぽつりと言った。「めだかが元気になってきて、よかった」

「うん……」わたしはじんわりと嬉しくなる。「ありがとう、母」

じじじじじじ……

パチパチパチパチ……

「めだか」

「うん？」

母は、しずかに言った。

「お母さん、また、がんになっちゃった」

第三章

1

父がうなだれている。

兄がうなだれている。

わたしもうなだれている。


母はお茶を飲んでいる。


花火の翌日、磯原(いそはら)家の緊急家族会議の模様である。

「お茶、飲む人は?」

母が訊(き)くと、ぷぅ、と父が悲しげなオナラをした。

「屁(へ)で返事をするんじゃないよ」

母はよっこいせ、と掘りごたつから立ち上がり、結局、全員のお茶を淹れた。それから、『罰金箱』を突き出した。父は力なく財布を取り出し、百円を入れた。

「だいぶ貯まったね。このままいくと〝バッキンガム宮殿〟ならぬ〝罰金箱宮殿〟が建つよ」

ガハハハハハ、と母だけが豪快に笑った。

父がお茶を飲んだ。

兄がお茶を飲んだ。

わたしもお茶を飲んだ。

……あっ、美味しい。

「……で、どういう診断だったん？」

兄が、ついに切り出した。

わたしは耳を半分ふさいで、うつむいた。

母は、ずずっとお茶をすすってから、言った。

「子宮体がんだってさ」

子宮体がん……。

母は、ゆっくりと詳細について語った。まず、微妙な前兆はあったという。不正出血だ。しかし、年齢も年齢なので、更年期障害だろうと思っていた。母の一回目のがんは乳がん、二回目はその局所再発で、治療にタモキシフェンをずっと飲んでいた。タモキシフェンは不正出血・子宮体がんの発生率を上げることが知られているため、半年に一回のエコー検診と、年一回のがん検査をちゃんと受けていたし、それほど心配していなかった。

しかし、二週間前の内診で、子宮体部にしこりのようなものができているのがわかった。細胞診を受け、結果が出たのが一週間前。陽性だったため、精密検査に進んだ。花火の日に、その結果を聞きにいった。ここまで、家族には何も話していない。

結果——子宮体がんの確定診断が出た。

ＭＲＩとＣＴを撮ってもらった結果が、三日後に出る。それによって、がんがどの程度進行しているかわかり、今後の治療方針も定まるのだそうだ。

「たぶん、子宮は取っちゃうと思う」

母が言った。わたしの目に、じわっ、と涙がにじんできた。

「大丈夫よ。今回も負ける気がしないわ。ガハハハハハ」

母はわたしの頭をぽんぽんと撫でた。

家族会議が終わったあと、わたしはバスタブにもぐり込み、防音室を下ろして、ラムちゃんを抱きしめて丸くなって泣いた。母がかわいそうだ。わたしと母の肌はつながっているような感じがする。母が切られるとき、わたしも切られる。母に辛い目にあってほしくない。いつも南国めいたお気楽な場所で、ガハハと笑っていてほしい——

三日後に、診断結果が出た。

進行度はⅠA期。類内膜がんのグレード3。

単純子宮全摘出術＋両側付属器切除術＋後腹膜リンパ節郭清の手術が決まった。

手術は、二週間後……。

2

チン、とポップアップトースターが鳴った。

わたしは焼けた食パンを配る。母は何事もなかったかのように、ブルーベリージャムを塗って食べる。母ががんになっても、日常はまわりつづける。なんだか不思議だ。

父がピーナッツバターをたっぷり塗っているので、わたしは言う。

「糖尿病」

すると、父はピタッと止まり、

「めだかにあげる……」

わたしはチクリと言った手前、しかたなく受け取った。

花火の日が土曜日、家族会議が日曜日、ときて、月曜日の朝である。

昨日は結局、微妙に気まずい雰囲気のまま、みんな別々のことをして過ごした。こういうとき、何をすればいいのかわからない。母はいつも通り、韓国ドラマのつづきを観(み)ていた。

父と兄を送り出し、母もふつうに仕事に行く。わたしはがんになったら仕事に行けないいな、と思う。母はすごい。まあ、わたし、がんじゃなくても仕事してないけど……あはは……。

誰もいなくなった玄関で、ちょっぴり将来が不安になった。

バスタブにもぐり込み、わたしは黒杜(くろもり)いばらになる。

何もしないでいると、母のことが心配で、かえって具合が悪くなる。

ゲーム実況をしていると、スーパーチャットが飛んできた。頻度はすこしずつ増えている。扶養の条件である年収百三十万円を超すことはさすがにないよな……？　と、ちょっと心配になる。いや、ひょっとしたら、これで生計を立てられるようになったりするのだろうか？なったらいいのに。そしたら毎日楽しく過ごせるのにな……。

お昼休みをはさんで、午後三時までつづけた。

「みんな、今日も来てくれてありがとう。夜十時からＡＳＭＲやるから、寝に来てね～」

配信を切ると、ＡＳＭＲの研究を始める。他の配信者の動画を観(み)て、聴いて、音の鳴らしかたを学ぶ。道具は本当に必要なものだけ購入し、代用できそうなものはなるべくそうする。

レインスティックという、かつてチリで雨乞(ご)いの儀式に使われていた楽器がある。乾燥した筒状のサボテンの内壁にらせん状に刺された針のうえを、小石が転がり落ちて、雨の降るような音がする。それを、ラップの芯・爪楊枝(つまようじ)・コーヒー豆で代用して自作した。手間がかかったけれども、なかなか良い音がする。

手元にある道具で、どうやったら気持ちの良い音が鳴るのか、どうやったら眠くなるのか考えながら練習する。耳に意識を集中していると、自分が透明になったような感じがする。わたしはここにいない。何もわたしを煩わせることはないし、何もわたしを傷つけることはできない。それがひどく、落ち着く。

——ふいに、腎臓のかたちをした漬物石がお腹のなかにワープしてくる。

わたしの身体はずしりと重たくなり、透明でもなくなってしまう。

最悪だ……。急に、息がくるしくなる。母が死んじゃったらどうしよう。わたしはこれからどうなるんだろう。どこにも行けないのに、どこにもいなくなることもできないなんて。

レインスティックを耳元で鳴らす。ぱらぱらと雨が降る。わたしはすこしずつ落ち着く。

いまは青空ではなくて、雨だけが癒やしてくれる。

3

配信を予告した夜十時が近づいてくる。どうしよう、今日は中止にしてしまおうか……。

でも、待ってくれている人たちがいる。眠れない人たちを、ちゃんと眠らせてあげたい。

結局、時間通りに始めた。

「こんばら～。今夜も、ASMR始めていくよ。ゆっくり息をして、安心して眠ってね」

いつもの耳かきから始めて、練習した音を再現していく。なんだか楽器を演奏しているみたいだ。音楽家の人はすごいなあ、と変な角度から尊敬の念がわきあがってくる。

ふいに、二千円のスーパーチャットが飛んできた。送り主はblue_sky_8さん。

『いばらちゃん好き！』

心のなかで感謝するけれど、眠ってもらう配信なので、個別にお礼は言わないことにしている。また十分ほど経(た)って、二千円のスーパーチャット。blue_sky_8さんから。

『いばらちゃんカワイイ！』

どうもありがとう、でもスパチャしないで寝てね。しかしまた十分後、同じ人から二千円。

『いばらちゃんの声、癒やされる～！』

「みんな、ごめん、ちょっと席を外すね。ゆっくり寝ててね」

わたしはマイクを切り、蒼(あおい)くんに電話をかけた。すぐに出た。

『ど、どうしたのめだかちゃん？』

その声で、わたしは確信した。「スパチャしてるでしょ？」

『……』

「なんでわたしが配信してること知ってるの？」

『……いさき兄から、こっそり教えてもらった』

おのれ、兄め……！　しかしいろいろ助けてもらっている手前、文句も言えない。

「とりあえず、貢ぐのやめて」

『えぇ～……』なぜか不満そうな蒼くんである。

「そのお金で親孝行しなよ。じゃあね。また貢いだらもう口きかないから」

『……はい』

電話を切り、配信を再開する。

「ごめんね、お待たせ。じゃあ、あわあわのマッサージしようか」

泡石鹸をたっぷり取り、ラップをかぶせたウニ子の耳にのせる。じゅわじゅわと小気味良い音が鳴る。そうやってまた二十分ほど配信をつづけていると、またスーパーチャット、五百円。

一瞬、また蒼くんかと思うけれど、違った。もっとずっと最悪だ。

『どうも、おなじみASMR評論家、耳から生まれた耳太郎です。音があんま良くないかなぁ～。各パートもちょっと長い。もっとエッチな声出してください。総合二十点、今のとこ存在する価値ない（笑）もっと頑張って（笑）』

出たな、『へのへのもへ人』。

いつもなら流せるのだけれど、漬物石を抱えているし、母の病気のこともあるしで、心が辛くなる。わたしは眠れない人たちに眠ってほしくて、無償でやっているのだ。どうして勝手にお金を払われて、勝手に貶されなくちゃならないんだろう。どうしてお金を払ったら何をしてもいいと思っているんだろう。

それでもわたしは、最後までやりきって、配信を閉じる。

はあ、と大きいため息をつく。しょうもない。しょうもないコメントで、しょうもない気持ちになっている。『へのへのもへ人』たちはこうやって人を傷つけて、世界をしょうもなくしていく。たったひとりの『へのへのもへ人』に出会うだけで、その日は最悪になる。そして本人はそのことに気がつかないのだ。接客業をやっている人なんかは特に、『へのへのもへ人』たちにイヤな思いをさせられているだろう。

わかるよ、とわたしは言うしかない。やつらはいつでも、どこでも、無限に湧いてくる。わたし自身だって『へのへのもへ人』になってしまう危険性は常にある。怖いことだけれど、防ぎようがない。たぶんこれは、個人の問題だけではなくて、社会システムの問題でもあるのだ。資本主義そのものにも、『へのへのもへ人』たちを生み出す粗雑さは内包されている。学校システムが、評価Bです、なんてバッサリやってしまうのと同じように。

そのとき、別なコメントが流れてくる。

『いばらちゃんのおかげで、今日もぐっすり眠れそう。本当にありがとう!』

そしてやっぱり、つづけようと思う。喜んでくれる人のために。

わたしはたしかに、〝やりがい〟と呼べるものを感じはじめていた。

4

がんの治療はとんでもなく高額になるけれども、健康保険の高額療養費制度のおかげで、年収に応じて自己負担額に上限が設定される。窓口負担は三割なのだけれど、あとから払い戻しされるのだ。

また、医薬品副作用被害救済制度というものがある。『医薬品を適正に使用したにもかかわらず、その副作用により入院治療が必要になるほど重篤な健康被害が生じた場合に、医療費や年金などの給付を行う公的な制度』のことだ。

母は飲んでいたタモキシフェンによって、子宮体がんが発生した可能性があり、申請を行なった。申請先は医薬品医療機器総合機構(PMDA)で、審査には四〜十二ヶ月を要する。

世の中にはいろいろな制度や給付金が存在する。社会で生きていくためにはちゃんと調べないといけないんだなあ、とわたしは思った。

――あっという間に、母が入院する日になった。

わたしはバスタブのなかで目覚めた。目覚めたけれど、目覚めたくなかった。一日を始めたくなかった。始まってしまったら、母が病院に行ってしまう。

台所に行くと、母が朝食を作っていた。いつもより手の込んだ料理をしているのを見て、わたしはちょっと泣きそうになる。背中から抱きついた。まるでコアラがユーカリの木に抱きつくみたいに。落ち着く香りがした。みぞおちのあたりで、母のエプロンの結び目が固かった。

「こら、めだか。包丁使ってるときに、あぶないでしょ」

「うん……」

わたしはしばらくそのまま、母の背中に耳をあて、心臓の音を聴いていた。母の力強い心音を聴いていると、ほっとした。母は生きている。きっとまた、がんにも勝つだろう。

「母……行ってらっしゃい……」

母はふふっと笑うと、胴にまわしたわたしの手を、手のひらであたためるようにこすった。

「行ってきます。留守のあいだ、よろしくね」

そうして母は、がんを治しに行った。

——二日後の午後三時、母の手術が始まった。

父と兄は仕事を早退して、病院に行っている。わたしは朝から何も手につかなかった。よせばいいのに、ネットで手術内容を調べて、グロテスクな写真とかも見てしまって、落ち込んでいた。しかし現在は内視鏡手術が受けられるので、傷口も小さくて済むようだ。

ひたすら、ラムちゃんを抱きしめて、ぼーっとしていた。

もう九月も下旬だ。蝉(せみ)の声は聞こえなくなり、バスタブも冷たくなってきている。首筋が冷え、漬物石のせいもあって、頭痛と肩こりが出てくる。うなじに穴が空いている感じがする。わたしの子宮だったらいらないのにな、と思う。

ぼーっとしている。

ぼーっとしている。

ぼーっとしている……。

午後六時に、兄から着信。ぼーっとしたままの頭で、電話に出た。

「手術、無事に終わったよ」

わたしはほっと息をつき、電話を切った。

すると、ぽろぽろと涙があふれてきた。なんで泣いているんだかわからなかった。

安堵(あんど)の涙……？　それもある。それもあるけど……。

母の子宮が、なくなってしまった……。

それが、故郷をひとつ失ってしまったみたいに、悲しかった。

5

一週間ほどで、母は退院した。これから一ヶ月ほど様子を見てから医師と面談し、術後化学療法へと移っていくらしい。わたしは母がコーヒーを淹れているときに、後ろから抱きついた。もちろん、傷口には触れないよう、気をつけながら。母は笑い、ただいま、と言った。

「手術、どうだった?」

「気がついたら終わってたよ」

わたしは母が帰ってきたことがうれしくて、しばらくひっついていた。

「コバンザメみたいだね」

母は魚に例えるのが得意だ。

元気の出てきたわたしは、VTuber活動に精を出す。

——と、兄がバスルームにやってきて、

「おれにも一枚、噛(か)ませてくれよ」

何を企(たくら)んでいるのかわからないけれど、まあ大したことはないだろうと高を括って、いいよ、と返事した。それきり忘れてしまったのだけれど、わたしはまだ兄を舐(な)めていたようだ。

——三日後、わたしはバズった。

バズるとは、英語の『buzz(がやがや言う)』が語源で、SNSで話題になることを指す。兄がわたしの配信の一場面を編集して作った『切り抜き動画』がとんでもなく拡散されたのだった。

——雑談配信の日、視聴者からとある質問が飛んできた。

『最近、〝多様性〟が話題ですが、それを押しつけてくる人を苦手に感じてしまいます。いばらちゃんはどう思いますか?』

答えたくねぇ……と、わたしは思った。ホットかつ繊細な問題すぎる。何を言っても批判されそうだ。後回しにさせてもらって、三十分くらい別の質問に答えてから、取り掛かった。

「たとえ話をしよっか。わたしたちの社会には〝人狼族〟という種族がいるとします。彼らは、人間として生きるか、狼人間として生きるか、二十歳のときに選択できます。狼人間は生きた人間を襲い食べるので非常に危険です。この問題に対して、多様性を尊重するわたしたちの社会はどう対処すべきでしょうか?」

と、設問をもうけたうえで、『寛容のパラドックス』について説明した。

イギリスの哲学者、カール・ポパーが一九四五年に『開かれた社会とその敵』第一巻において定義した概念で、『もし社会が無制限に寛容であるならば、その社会は最終的には不寛容な人々によって寛容性が奪われるか、寛容性は破壊される』という法則のことだ。

それからわたしは回答編へと移った。

「まず、わたしたちは狼人間を絶対に許容できません。なぜなら彼らは生きた人間を襲い、自由な生存と権利をおびやかすからです。つまり狼人間は『不寛容な人々』のことであって『寛容』を破壊する存在なので、わたしたち人間は彼らを排除しなければなりません。

――ここまではOK?

けれどこれは、理性的に解決可能なわけです。彼らは二十歳のときに人間になるか、狼(おおかみ)人間になるか自分で選べるので、話し合いをして、人間を選んでもらえばいい。必死の説得もむなしく、狼人間を選んだ場合は、わたしたちは仕方なく銃を持ち出すしかありません」

わたしはコメントを読みながら、みんなが理解するのを待ち、必要なところは補足した。

それから、つづけた。

「ずばり、この銃の使いどころが、問題なんだと思うんだよね。〝狼人間〟を撃つのは仕方ない。けれど、〝人狼(じんろう)族〟を撃つのには問題がある。話し合いの努力を放棄して、暴力で解決しようとするのはおかしい。でも、『正義』だとか『経済』だとか『政治』だとかの名のもとに、そういう暴走はしょっちゅう起こる。社会的なレベルでも、個人的なレベルでも。例えば、〝人狼族〟の男の子が、『あぁ〜もっと速く走りたいなぁ〜』ってちょっとつぶやいただけで、恐ろしくなって撃ち殺しちゃうとか。

質問者さんは、こういう〝暴力の気配〟が嫌(いや)なんじゃないかな。おいおい、そこで銃を抜くのはちょっと早いんじゃない、おだやかにいこうよ、みたいな。暴力には必ず暴力が返ってくるものだし、正しいことは粘り強く時間をかけてやっていかなければならない。——だから、その感覚はぜんぜん間違ったものじゃないと思うんだけれど、どうかな?」

質問者さんから、返事がきた。

『なるほど、めっちゃ腑(ふ)に落ちました、ありがとういばらちゃん!』

わたしはホッとした。うまく説明できてよかった。それに、質問者さんが〝狼人間〟である可能性も少なからずあったのだ。

――このシーンの切り抜きが、バズったわけである。

ツイッターに兄が勝手に作った『黒杜いばらちゃん応援♡』とかいうふざけたアカウントで、短くわかりやすく編集された動画がツイートされ、一万近くもリツイートされて、三百万回近くも再生されていた。あまりに大きい数字に、手が震えてくる。気がついた直後、兄がお風呂場までやってきてニヤリと笑った。

「いや、兄も手、震えてるじゃん」

「こんなんなると思わなかった」

おそらく、社会問題を、二次元のかわいい女の子が解説するのにインパクトがあったせいだろうが、運ももののすごく絡むだろうし、内容のレベルが低すぎても高すぎてもいけないし、狙ってできるものではないだろう。

わたしは時間をかけて、たくさんの反応を観察した。それでわかったのは、人間の思考はかなりバグりやすいということだ。理解に失敗する、論点がずれる、適用を間違う、感情に引きずられる……。ありとあらゆるエラーが観測された。立派な肩書きのついている人でさえ、幼稚としか言いようのない論理展開をしていたりする。〝正しく思考する〟のはかなり難しいことなのだ。そのためには、しかるべき時間をかけて、しかるべき訓練をしなければならない。

同時に、〝正しく伝える〟のも大変なことだ。

わたしは、退職する際の面談を思い出した。宇宙船地球号がどうのこうの言っていたあの人に、わたしはもっとちゃんと時間をかけて、伝える努力ができたんじゃないだろうか。

そういえば彼は、狼(おおかみ)に似ていた。腕には黒く濃い毛が生え、笑うと鋭い犬歯が見えた。

ひょっとしたら、〝人狼族(じんろう)〟だったのかもしれない。あそこが人間と狼人間の分かれ目で、わたしが部屋を出て扉を閉じたあと、変身したのかもしれなかった。

ひっそりと、しめやかに。

6

バズった影響で、わたしの視聴者は爆発的に増えた。十倍以上に。チャンネル登録者数も、ぐんぐん伸びる。代償に、治安が悪くなる。荒らしが出たり、へのへのもへ人が増えたり……。これまではある程度、固定ファンによって回っていた世界に、突然知らない人が大量流入してきたわけだから、それも致し方ない。

わたしは精神的にてんやわんやで、目をぐるぐるまわしながら配信していた。

その裏で、母が化学療法を開始した。

ＡＰ療法と呼ばれるもので、ドキソルビシン・シスプラチンという二種類の抗がん剤を組み合わせて行われる。吐き気どめやら水分補給やらで、一日中点滴をしていなくてはならないので、母のかかっている病院では二泊三日の日程となる。これが四週間を一クール（添付文書では三週間一クールとなっている）として、六クール予定されていた。つまり半年間、入退院を繰り返すわけである。抗がん剤は、正常な細胞も壊してしまうので、いろいろと副作用が出る。めまい・吐き気・脱毛・浮腫（ふしゅ）……。尿や汗が一時的に赤くなるというのもある。大変だ。

二日間の点滴を終えてもどってきた母は、言った。

「だるい。気持ち悪い」

でもあくまでそれは、状況報告みたいな感じだった。『だるい。気持ち悪い。午前十時をお知らせします』みたいな。時報感。乾いている。しけった愚痴ではない。ただあくまでそれは母の精神力によって支えられている。そのへんが兄と父にはよくわかっていない。「あんまり副作用なくてよかったねェ～」みたいなことをのほほんと言っている。母も母で、「そうねェ～」とか返事するので、一生のほほんしている。

ということで、わたしは母の家事を横からちょっとずつ掠（かす）め取っていく。母が夕飯を作り始める気配を察すると、いそいそとバスルームから出て、台所に立つ。掃除とかも進んでやっておく。基本、母は自分ひとりでやり遂げることに満足を感じる人なので、あくまで『猫が手を貸している』くらいのレベルに留（とど）める。猫がいつの間にかトイレ掃除をやっておいてくれたら、なかなかカワイイはずだ。

三週間ほどで、母の髪がぬけ始める。前のかつらはわたしがウニ子にかぶせてＡＳＭＲに使っているので、取り戻されるのではと心配したが、母はカタログを嬉々として眺め、

「これ、若いころのエビちゃんみたいで可愛くない～？」

などと、二〇〇〇年代の感覚で言っていた。母は貫禄ある肉体のどこかにまだ、女子の魂を残している。母は地毛はクルクルの天然パーマなのだけれど、かつらは直毛を選びがちだ。父はちょっと恥ずかし気に、

「これ、良くないか？　アグネス・チャンみたいで」

と、こちらは七〇年代の感覚。最終的には前回と似た系統の、落ち着いたショートに収まった。福島県では医療用ウィッグに上限二万円の補助金が出るので、その申請書も出した。乳がんで手術したときも、乳房補正具に補助金が出た。こちらは上限一万円。

ありがたいことなのだけれど、一方で、わたしのお金に対する感覚は変わり始めていた。

YouTubeの制度上、スーパーチャットの下限は百円、上限は五万円なのだけれど、けっこうみんな、千円単位でポンポン投げてくる。金額ごとにチャットに色がつき、一万円以上になると赤色になって『赤スパ』と呼ばれる。この赤スパもちらほら見えて、みんな大丈夫なの？お金持ちなの？　乳房補正具の補助金と同じ額だよ？　となり、わたしはついに言ってしまう。

「みんな、スパチャしなくていいから。扶養も外れるから」

するとみんな『草（笑いを表すネットスラング）』とか言ってまたスパチャスパチャスパチャスパチャパチャチャチャチャ……。やめろ。マジで。まあそのうち人気も衰え視聴者数も右肩下がりだろう、と思った端から、逆にまた増えている。

なんで？？？

と思ったら、兄が旺盛に活動していた。『黒杜いばらちゃん応援♡』アカウントはフォロワー一万人に達し、YouTubeアカウントの方にバンバン切り抜き動画を上げていた。

「これからはショートの時代だよ、ムフフフフ……」

とか言って、最長六十秒のショート動画をパンパカ量産している。クソ漫画作りで培ったノウハウをいかんなく発揮。実に楽しそうである。黒杜いばらは猫とかハムスターとかの動画とかみたいに、癒やしを求めるひとたちに人気のようだった。中身のわたしがそういう扱いを受けてきたので、やっぱり滲み出すものがあるのかもしれない。

兄が仕事に行っているあいだ、配達がやたらと来るようになり、必然、わたしが受け取るハメに。玄関に置いてもらい、あとからスパイのようにそそくさと回収する。

「兄よ……バスタブ船でジャングルを目指した日を憶えているか……？」ひとりごとである。孤独な時間が長いとひとりごとが増える。「いまや、アマゾンのほうから押しかけてくる」

中身は遊ぶ予定もないボードゲームとか、アレイスター・クロウリーの魔術書（!?）とかであった。小学生に金を持たせてもロクなもんは買わないのである。一方で、会社に確定申告がバレない方法を探ったりもしているようで、変に抜け目ないところもロクでもない。

ついには謎の大きな箱も届いた。魔術書が届いたあとなので、何か怪しいものではないかと気が気でない。兄は「ムフフフフ……」と謎めいた笑いを浮かべるばかりだった。

7

最近そんな感じで大変なんだよね、とわたしは早苗ちゃんに電話で言った。特になんの感情も意図もなく。『最近そんな感じ。午前十時をお知らせします』。

『ふーん』

早苗ちゃんは言った。なんかちょっとザラッとする『ふーん』だった。しかしわたしは、自分のことでいっぱいいっぱいで、そのちょっとの違和感を通りすぎてつづける。

「世の中、変な人も嫌な人もいっぱいだよ」

『当然でしょ。それが社会なんだから』早苗ちゃんは硬い声で言った。すこし嘲笑するような響きもあった。『めだかさあ、ちょっと甘えてない？』

「えっ……？」

『お金稼ぐってさあ、大変なことなんだよ。満員電車で通勤して、嫌な上司とか取引先とかにペコペコ頭下げて、クタクタになって帰って、自分なにやってんだろう、みたいなのをお酒でごまかしてそのまま化粧落とすのも忘れて寝ちゃったりして……。それを一ヶ月やって、手取り二十万いかないんだよ。大学行かせてもらって、仕事辞めても怒られなくて、運良く稼いでるんだからさ、嫌なやつくらいどうとでもなるでしょ。違う？』

「うーん……」

早苗ちゃんたぶん、めちゃくちゃ嫉妬してる。儲けているからじゃなくて、わたしがチヤホヤされていると思っているからだ。本当はアイドルになりたかったから。でもそれに自分で気づいていないので、ぜんぜん違うところをチクチクやっているのだ。わたしは言う。

「その理論だと、地獄の底で罪人を二十四時間煮込みつづけてる超重労働の鬼以外はみんな甘えてることになると思うよ。苦痛とか幸福って、どっちも自分のなかの相対的な感覚で、他人との比較に意味ないじゃん。たとえば戦時中は雑穀しか食べられなかったんだから、ディナーが白米オンリーでも我慢しろって言われたら、ナンセンスでしょ。人間にはそれぞれの天国があるし、それぞれの地獄があるんじゃないかな？」

早苗ちゃんは、黙ってしまった。わたしは自分の論破力に驚く。めちゃくちゃ長時間配信して喋りまくっていたら、いつの間にかこんな力がついてしまった……。

『はぁ……』早苗ちゃんはため息をついた。『結局、そうなんだよね、地頭がいい子が成功するんだよね。わたしみたいなガリ勉じゃなくて……。めだか昔から賢かったもん』

「え……どこが……？　成績とかぜんぜん良くなかったよ……？」

『成績にまったく興味なかったからでしょ。女子はみんな、本当はめだかがいちばん賢いって気づいてたよ。わたしいつも劣等感あったよ。めだかみたいに賢くて可愛（かわい）くなりたいって』

……？？？

そうなの？？？

『はぁ……』早苗（さなえ）ちゃんはまたため息をついた。『そうだよね。気づいてなかったよね。そういうところが愛されてたんだもんね……』

「え……なんかごめん……わたし……貧弱なチビとしか……むしろ生まれてこないほうが……」

『え……そこまで言うことないじゃん……』

「え……ごめん……」

『……』

なんだかグダグダの雰囲気になった。

『ごめん、もう寝るわ……おやすみ』

「おやすみ……」

グダグダのまま終わった。

わたしは、はあ、と大きなため息をついた。

人間のこと、なんもわからん……。

『運良く稼いでる』――そのとおりだ、とわたしは思った。わたしはたまたま『魚の獲（と）れるカーブ』に出くわして、カワウソのように無邪気に拾っているだけだ。トラックのかたちが変わるだけで、もう魚は獲れなくなってしまう。

実力をつけなくてはならない。カーブからではなく、海から魚が獲れるように。

わたしは起き上がり、階段下からガラクタをいろいろ引っ張り出し、お風呂場へ持ってくる。古いタイヤのチューブ、ジェンガ、壊れたヘッドホン、ガムテープ、ねじ回し、ボールペン、父が三日で挫折したアンクルウェイト（クサい）、古紙、プラスチックトフンプ、救急箱……。四人の家族が生きて放り出してきたものの堆積が、そこにぜんぶ押し込められている。まるであたたかい泥のように。

わたしは音の追究をはじめる。いろいろなガラクタをこする、ひっかく、まげる、おる、くみあわせる……。おそろしく原始的な作業だった。まるで赤ちゃんがなんでもかんでも口のなかに入れて、世界の有り様をたしかめだすみたいに。面白い、と思った。熱中した。狭いバスルームのなかに無限の世界がひろがっていた。

どこまでも行ける、とわたしは思った。

8

母のがんに転移が見つかった。

右の肺だった。

十二月の頭に手術となった。

9

わたしは落ち込みながらも、VTuber活動をつづけた。

音の追究を始めてから、明らかに視聴者の反応が良くなった。

『他のASMRではダメだけど、いばらちゃんのでは眠れます』『すごく気持ちいい、リラックスしたいときはいつも聴いてます』『会社の上司の当たりがキツくて、不眠症気味だったけど、いばらちゃんのおかげで良くなってきたよ、ありがとう！』

喜んでもらえると、わたしも嬉しい。この世界に、こんなにたくさん眠れない人がいるだなんて、知らなかった。思っていたよりもずっと多くの人が、メンタルクリニックに通っていたり、体調を崩して休職したりしている。やっぱり、社会人として働いていくというのはとんでもなく大変なことなのだ。

これを聴いている人が、ゆっくり眠れますように――そう祈りながら、ASMRをやる。

『いばらちゃんの心音を聴かせてほしい』というリクエストが届く。

ドクンドクンという心臓の音を聴くと、落ち着くのだそうだ。わたしも高校時代、夜中に過呼吸になると、母の布団にもぐりこんで、鼓動を聴きながら眠った。わたしの心臓はゆっくりだから、人を眠らせるのには向いているんじゃないかと思う。

けれど、やっぱりちょっと恥ずかしくて、また今度ね、とはぐらかした。

母が入院する日——やっぱり母はキッチンに立ち、いつもより豪華な朝ごはんを作っていた。わたしもやっぱり背中からコアラのように抱きついた。

そして二日後の手術日——バスタブで鬱々としていると、兄がやってきて、チョイチョイと手招きした。ついていくと、例の謎の大きな箱が、兄の部屋の真ん中にデーンと置いてあった。

「開けていいよ」

「えっ、いいの？」

ずっと中身が気になっていたのだ。わたしは蓋に手をかけて、ぴたっと止まり、

「びっくり箱じゃない？」

「びっくり箱じゃないよ」

わたしは箱を見て、もう一度、兄を見て、

「ほんとに？」

「今度はホントだよ」

わたしはほっとして、箱を開けた。

ちいさなヘリコプターみたいなものが入っていた。

「なにこれ？　ラジコン？」

「ドローンってやつだ――」兄はニヤリとして言った。「これでいっちょ、お袋を元気づけよう」

ドローンはアメンボみたいな形をしていて、脚のそれぞれにプロペラがついており、安定的な飛行が可能になっている。改造によって、これ専用にＬＴＥ契約された古いスマートフォンが機体前部に搭載されており、ビデオ通話できるようになっていた。

わたしは感心を通り越して、ふつうに呆れた。

「よくもまあ、ポンポンと……。これ、飛ばしても違法じゃないの？」

「登録はもう済んでる。人口集中区域は飛行禁止だけど、病院のあたりは大丈夫だ。目視で飛ばさないと違法になるから、操縦はおれがやる。迷惑にならないように気をつけよう」

まずは近所で予行演習。兄は車で阿武隈川の河川敷まで行くと、ドローンを飛ばした。わたしのスマホの画面に、ドローンの映像が送られてくる。

「うわあっ――！」

雄大な景色がひろがっていた。きらきらと流れる阿武隈川、ずらりと立ち並ぶ民家の屋根屋根、遠く青くかすむ安達太良山にかかる白い雲、駅の方角にそびえるビッグアイ……。河川敷にポツンと、コントローラー片手に兄が立って、こちらに手を振っている。風が吹くとドローンはやや揺れて、草木に美しい緑の波が起こる。地形の凹凸のなかをするするとドローンの影が流れていく。刻一刻と光が表情を変えていく――

視界が開けると同時に、わたしの心も開けて、風が吹き抜けたような気がした。

世界は神グラフィックだ――――！

ゲームの世界ばかり歩き回っていたわたしは、当たり前のことにものすごく感動した。

予行演習が終わると、兄はドローンを回収し、そのまま病院へとむかった。

母の病室は二階端で、裏手の庭に面している。大部屋が空いていなかったので、個室だった。

兄は父に電話をかけた。父は病室の窓から親指を立て、おもむろに窓を開けた。兄はすかさず、そこからドローンを進入させた。

『あれま――――！』病室のベッドのうえで、母がびっくりしていた。『なにこれ!?　めだか!?』

「やっほー、母ー！」わたしは手を振った。「リモートでお見舞いしにきたよ！」

『あらあらあら、またいさきだね……』母はあきれたように言ったけれども、やがてガハハハと笑った。『まったく、いつまで経っても悪ガキなんだから！』

「あはは、元気になったら、こらしめてあげて！　手術がんばってね！」

『はいはい、がんばるよ、安心して待ってなさい！』

母はちょっと涙ぐんで、そう言った。

――そして、母の手術は始まった。

右肺を構成する上葉・中葉・下葉の三つの部位のうち、下葉を丸ごと切除する。

ハイブリッドVATSと呼ばれる方法で、二箇所が切開される。ひとつは、肩甲骨のしたを、背中から脇(わき)にかけて五センチ――こちらから患部を目視して、肺組織を取り出す。もうひとつは、肋骨(ろっこつ)のあいだを一センチ――ここから胸腔鏡(きょうくうきょう)を挿入して、そのモニター映像を補助とする。

わたしはまた、何も手につかず、母の無事を一心に祈って待った。

二時間後――電話がかかってきた。

『めだか』

と、兄が言った。

『手術、成功したよ』

10

母の手術が無事成功した余韻にたっぷり一晩ひたり、翌日からまたVTuberを再開した。

「やれやれ」と兄が言った。「お前、才能あるよ」

「才能はべつにないよ。長時間やってるだけ」

「ふつうの人間は、そんなに長時間やったら嫌(いや)になるんだよ」

なるほど、とわたしは思った。続けられることは、その時点で才能なのだ。

昼間の配信を終えると、音の追究に取りかかる。いろいろなことがわかるようになってきた。何と何を組み合わせると、どんな音が鳴るのか、あらかじめ予想できるようになった。経験によって勘が育っていく。それが一般に『センス』と呼ばれるものなのかもしれない。お風呂場はものすごく散らかっていた。散らかっていてナンボだ。いろいろなものが同時に視界に入ることで、予想外の組み合わせを見つけることができる。いい音を鳴らす組み合わせは、たがいに目に見えない重力で惹かれ合っている。

蒼くんから急にＬＩＮＥがきた。

『めだかちゃんのＡＳＭＲいつも聴いてるよ～めちゃくちゃハッピー（ニッコリ絵文字）』

むう……やっぱり聴いていたか……。わたしは恥ずかしさもあって、冷たく返す。

『蒼くんは聴くの禁止！』

『そんなぁ～！（号泣絵文字）』

しばらく返信せずにいると、蒼くんからまたＬＩＮＥ。

『最近、すごく音にこだわってない？　なんか、道具が必要なら、一緒に買い物いこうよ！』

ピタッ――と、わたしは作業の手を止める。

蒼くんはたまに、わたしに対してテレパシーを発揮する。たしかに、新しい道具が欲しいと思っていた。店頭で、道具が散らかっている状態を見ながら買い物したかった。

『ほんとに……？　じゃあ、お願いしちゃおうかな……？』

『うん！　すぐに準備するね！（マッチョな上腕二頭筋と炎の絵文字）』

――二十分後、『アレ……こんなはずじゃなかったのにな……？』という感じの蒼くんの顔が、わたしのスマートフォンに映し出された。

「ごめんね、やっぱりまだ外出できなくて……リモート式でいいかな……？」

『……いや、ぼく、めちゃくちゃ嬉しいよ！』

蒼くんはあわてて言った。わたしもテレパシーを発揮して、わたしがあまり引きこもりすぎないように気をつかってくれていたのだとわかって、申し訳なくなった。

それから、百円ショップのなかに入っていった。

そこは宝の山だった。いい音を秘めた素材が、雑然と売られている。握りつぶすとブニュブニュと音が鳴るウォータースクイーズ、こぽこぽと音が鳴る水時計、木の音の鳴りかたを調整できるヤスリ、ぷちぷち鳴るシリコンブラシ……。変わったところでは、使い捨てのゴム手袋。これをつけてウニ子の耳をマッサージすると、脳がとろけるような音がする。

「わあ、すごい！　すごい！」

わたしがはしゃいでいると、女の子の声がする。

『なんか、かわいい声する。誰かアニメ見ながら買い物してない？』

『あっ、あのお兄さんめっちゃイケメン』

蒼くんはにっこり笑って手を振った。キャー！　と黄色い声。たぶん、女子高生だろう。

「うーむ……蒼くんって、天然のタラシだよね……」

『えっ、ぼく、タラシたりしてないよ！　めだかちゃん一筋だよ！』

「恥ずかしいことを大声で言わないで！」

そんなこんなで買い物を終え、蒼くんは戦利品を持って、磯原(いそはら)家の玄関先まで来た。

「ごめん、お風呂(ふろ)入ってないから出られないや。申し訳ないけど、ドアノブにかけといて……」

『大丈夫、ぼく気にしないよ！』

「わたしが気にするの！　ほんと、ドリアンくらい臭いよ！」

『ぼくドリアン好きだよ！』

「そういう問題じゃないっ！」

そんな漫才をテンポ良くやって、蒼くんは自宅に帰っていった。わたしはもちろん、丁重にお礼を言った。こんなことに付き合ってくれる人は、なかなかいない。

11

ちょっと時間をあけてから、わたしはドアノブのビニール袋をサッと回収した。中身を見て、ほっこりした。さっそくお風呂に行き、音の研究を始めた。

手術後、一週間の入院を経て、母が帰ってきた。

わたしたちは盛大に迎え、パーティーもした。母も喜んでくれた。

わたしは家に母がいることに言いようのない幸福感をおぼえ、三日くらいはずっとニコニコして暮らした。VTuberもうまくいっているし、満ち足りていた。

しかし、退院から一週間後、わたしは母に呼び出された。

「そろそろ、バスタブから出たら？」

開口一番、母は言った。わたしはうっとなった。最もされたくない話だった。わたしはいまの状態が幸福だった。この状態をすこしも変えたくなかった。母はずっとお茶をすすり、

「五月の中旬くらいからだっけ。あれからもう、七ヶ月よ。お母さん、ずっと見守ってきたけどね。あんまり長くいすぎると、かえって出づらくなってくるんじゃないの？」

……そうかもしれない。この頃だんだんお風呂場の壁が厚くなってきたような気がする。

母は苦い顔をする。ほうれい線が深い谷のように刻まれ、張りを失った頬が垂れ下がる。

――あっ、とわたしは思った。母は老いている。

がんになる前よりまた、ぐっと老け込んだ。変に若々しいかつらのせいで、余計にそう感じられる。痩せたせいかもしれない。ぱんぱんに充実していた身体がすこししぼんで、できた隙間に、何かしら不穏な、くらやみのようなものが忍び込みはじめている。

「最近、YouTubeで稼いでるみたいね」

「……兄から訊いたの？」

「稼ぐのはいいんだけどね。まさか、ずっとそれやってくつもりじゃないでしょうね」

「……ダメなの？」

「まっとうに働きなさい」母はしずかに、しかし叱りつけるように言った。『良いのはいまのうちだけよ。あんなのね、詐欺師まがいの人ばっかりでしょう。子供騙しで、運良く子供が見てるからなんとか成立してるだけ。歳とったらお役御免よ。なんの技術も知識もなくて、ただ騒がしいから目立ってるだけなんだから。そんなの誰にでもできるし、競争相手が増えたら終わりよ。サブスクとかで、プロが全力でつくった作品がいくらでも観られる時代なのよ。素人がそのなかで、そんなことをいつまでもつづけられると思うの？」

　母はYouTubeをほとんど見ないので、大いに偏見がふくまれている。けれど、まんざら間違っているわけでもないと、わたしは思った。実際、そういった現象は起こりつつあって、どんどん淘汰は進んでいる。だいたい、プラットフォームが『明日から広告収入を半分にします』と言ったらそうなってしまうのだ。まともな労働環境とはお世辞にも言えない。『ちゃんとやっている』人たちはそのへんのことも考えたうえで行動している。クリエイターは常にそういった不安や葛藤と戦っている。

「でも、わたしなりに考えて、ちゃんと工夫してるよ」

「年金や社会保険はどうするの？」

母はつづけた。月々どれくらいのお金を払わなければいけないのか。会社に所属しないことでどれだけのデメリットがあるのか。将来の年金はいくらになるのか。

「結婚もしないつもり？　いまはいいかもしれないけどね、歳をとったら、孤独が身に染みてくるのよ。ああ、結婚しておけばよかった、って思う日がきっとくる。お母さん、家族がいてよかったなって、心から思ってるのよ」

「母――！」わたしは言い返そうとした。

「議論を戦わせようなんて思ってないの」母はさえぎるように言った。「ただ、ちゃんと考えてほしいだけなの。この話はここで終わり」

「……母はわかってない。ふつうに働くことも、ふつうに結婚することだって、わたしには難しいんだよ。ふつうに生きてるだけでしんどいんだよ。だいたい、母の価値観って、めちゃくちゃ昭和じゃん。終身雇用とか、バブルとか、日本が景気良かったときのやつじゃん。もう令和だよ。とりあえず就職したら大丈夫って時代じゃないんだよ」

「あんた、いつの間にそんな舌がまわるようになったの……」母はぽかんと口を開け、また閉じ、「とにかく、バスタブから出られるようにしなさい。このままじゃお風呂入れないし」

　わたしは何も言わず、バスタブへと逃げた。母の言っていることは、〝正論〟だ。だからこそ、わたしが何を言ったところで、『子供っぽい幼稚な考え』にしか思えないはずだ。母は実際、その古い時代の正論に則って行動して、幸せに暮らしてきたのだから。看護師の資格をとって堅実に働き、にぎやかな家族を築きあげて……。

けれどわたしは、その〝正論〟についていけず、窒息しそうになってきた側の人間なのだ。

それにしても、母はこのごろちょっと様子がおかしい。子宮や卵巣をとってしまったせいで、薬は飲んでいるけれども、ホルモンバランスが乱れているのかもしれなかった。

あるいは、焦りはじめているのかもしれない。

ひょっとしたら、がんに〝負けて〟しまう日がくるのではないかと……。

12

母の体調は悪化していった。

顔色が悪くなり、だるさを訴えることが増えた。今度の訴えは時報のような乾燥したものではなくて、湿った実感がこもっていた。がんによく効くのよ、なんていって、わかめをよく食べるようになった。わかめでがんが治るなら誰も苦労しない。心にできた隙間(すきま)にわかめが入り込んでしまっただけなのだ。

日に日にしぼんでいく母を見ながら、兄は何か思い詰めたような表情をするようになった。

そしてこちらも少しずつ減っていった。兄の部屋のボードゲームが。『モノポリー』だとか『カルカソンヌ』だとか有名どころは残し、マイナーなやつがどんどん消えていった。

磯原家の何かが、変わりつつある。

わたしは猛烈なさびしさみたいなものに襲われた。母にはわかめなんて軟弱なものではなく、ウツボの頭を丸かじりする大荒くれ者であってほしくなかった。母にはわかめなんて軟弱なものではなく、ウツボの頭を丸かじりする大荒くれ者であってほしかったし、兄には永遠にボードゲームを抱きしめている大アンポンタンであってほしかった。わたしはそんな強い母と、アホな兄が好きだったのだ。父だっていつまでも屁を……いや、父の屁はべつに止まってもいいな……。

そんな感じでメソメソしていたのだけれど、ある日、決定的な変化の日が訪れる。

兄が美代ちゃんを連れてきたのだった。

キョトンとするわたしたちの前に、兄と美代ちゃんがならんで正座した。


「今日は、結婚のお許しをいただきに参りました」


美代ちゃんが言った。細くて優しい目に、決意の光がみなぎっていた。

父と母はポカンとして顔を見合わせた。わたしは『今日はエイプリルフールだっけ?』などと考えていた。——と、家族三人ほぼ同時、美代ちゃんの手にダイヤの指輪が光っていることに気がついた。わたしはあっと思った。兄のボードゲームは、この指輪に化けたのだ。

美代ちゃんが頭を下げ、上げたときにはすでに、家族三人OKサインをかかげていた。

「むしろいいの？　美代ちゃんならもっと良い男がごまんといるわよ……？」

逆に母が止めに入ってしまった。

「なんでやねん」兄が正座したままツッコミを入れた。

「いいえ、いさきくんがいいんです……」

美代ちゃんがポッと頬を染めた。

兄もポッとなった。

母と父もポッとなった。

わたしはポヤーンとなって、少女漫画みたいに、ちっちゃい花をフワフワ飛ばしていた。美代ちゃんがお姉ちゃんになる……。お姉ちゃん。なんという甘い響き。他の女だったら『兄を取られた感』がマイナス三点くらいの不快感としてあったのかもだけれど、美代ちゃんはプラス百億点。やったぜ。美代ちゃんゲットだぜ！

その日は磯原家と長谷川家をまじえての婚約祝いパーティーになった。美味しいものを食べて、抗がん剤を飲んでいる母以外はお酒を飲んだ。べろべろになった美代ちゃんパパがウクレレを弾き、男性陣がそれに合わせて盆踊りした。仲良しボンクラ盆踊り。美代ちゃんと一緒にけらけら笑っていると、ふと、母の言葉がよみがえった。

『結婚もしないつもり？　いまはいいかもしれないけどね、歳をとったら、孤独が身に染みてくるのよ。ああ、結婚しておけばよかった、って思う日がきっとくる。お母さん、家族がいてよかったなって、心から思ってるのよ』――

わたしも、家族がいてよかったと、心から思う。でもそれとわたしが結婚するかは別の話だ。

――でも、とわたしは思う。ひょっとしたらわたしは、結婚するべきなのだろうか?

蒼くんは何も考えず、楽しそうに踊っている。

13

兄は結婚の準備を急ピッチで進めた。

十二月の下旬になると、バスタブはいよいよ冷たくなってきた。わたしはようやく防寒グッズを準備しはじめた。手始めにふかふかの部屋着と、電気毛布を買った。それで充分だった。防音室は熱がこもりやすいし、バスタブも保温性が高く、冬に強いのだ。バスタブで暮らす際は、冬より夏に電気代がかかる。といっても、夏もそんなにかかっていたわけではないので、やはり狭い空間に暮らすこと自体、効率が良いのだ。

電気毛布でぬくぬくしていると、黒杜いばらのツイッターアカウントに、ダイレクトメッセージが届く。わたしは思わず、「えっ」と声を漏らした。

VTuber事務所からのスカウトだった。

詐欺！　という単語が、まず真っ先に浮かんだ。事務所を騙って、最終的に個人情報を聞き出したり、お金を払わせたりする事例を聞いたことがあった。

しかし、よくよく見ると、どうやら本物らしかった。大手よりは一枚落ちるけれども、堂々と中堅を名乗れるくらいの規模の企業だった。知っているVTuberタレントも所属している。メッセージには、ぜひ、面談していただきたいとあった。『時節が時節ですし、黒杜さまの現在の生活環境も存じておりますので、リモートでお話しできたら幸いです』――

ちょっと前のわたしだったら、すぐに『嫌だ』となったはずだった。わたしは好きなことだけやっていたい。企業に属したら、いろいろとしがらみが増える。

けれどいまは、母の病気があった。事務所に属せば様々なサポートが受けられ、収入も安定しやすくなる。母もすこしは安心できるのではないだろうか。

わたしは浴室の窓をあけ、バスタブにもたれながら、ぼんやりと冬の空をながめる。ここらへんが、夢と現実の折衷地点なのかもしれない。兄がボードゲームを手放して指輪を買ったように、夢と現実をいくらか交換して、生活に適したバランスを探るべきなのかもしれない。

わたしは父が繰り返し読んでいるヘミングウェイの『老人と海』を思い出す。一匹も魚を釣れない日が、八十四日間もつづいた老人の漁師が、とんでもない大物のカジキマグロと死闘を繰り広げる話。なんとか勝利するものの、それを陸に持ち帰る途中で、ほとんどサメに食べられてなくなってしまう。老人はカジキとの死闘の最中、以前は一緒に仕事をしてくれていた男の子を思い、何度もさけぶ。『あの子がいてくれたらなあ！』――〝海で魚を獲る〟とはそういう大変なことなのだ。仲間はいてくれたほうがいい。

その晩、わたしは母と一緒に夕飯をつくりながら、それとなく言う。

「実は、事務所からスカウトが来て……」

VTuberとは言わなかった。母にはそんな単語の意味はわからない。すると母は、

「ダメよ、そんな、怪しいの」

とだけ言った。母からすれば、YouTubeまわりは全部怪しいのだ。わたしは反論せず、ひとり静かに、面談を受けることに決めた。

14

五日後に、面談となった。

わたしは変に小細工などせず、いつもの配信スタイルで受けることにした。

ほぼ七ヶ月ぶりに普段着になった。鏡に映った自分は、やっぱり、パジャマより輪郭がしゃっきりして見えた。思い出したのは、ピカソの《泣く女》みたいにキュビズムになっていた自分の顔だった。あのころよりずっと、なんというか、具体的な顔をしているような気がする。

わたしはバスタブのなかでその時を待った。面談にはスカイプを使う。あらかじめカメラの映りをチェックし、問題がないことを確認しておく。

——時間になった。わたしは指定された〝部屋〟に入室する。

こんがりと日焼けした、健康そうなお姉さんが映った。兄よりもちょっと歳上に見える。若干吊り目で、猫っぽい顔つきをしている。贅肉がほとんどなく、輪郭がきれいで、スーツがよく似合っていた。

『あっ、こんにちは〜』

お姉さんはにっこりと笑った。笑うとますます猫に似ている。日焼けした肌と、白い歯と、しゃっきりと白いブラウスのコントラストが美しい。

『わたし、猫宮まひろといいます。よろしくお願いします』

名前まで猫だった。

「わたしは黒杜いばら……じゃなかった、磯原めだかといいます、よろしくお願いします」

『わぁ〜！　わたし、いばらちゃんの大ファンなので、ぶっちゃけ興奮してます！　こんなにかわいい人だったんですね〜！　ゲフフ……ごほん……失礼』

興奮しすぎて、最後のほうはなんだかゲスっぽい笑いかたになっていた。

「あはは……ありがとうございます」

『あっ、そこはやっぱり、バスタブですか？　すごい！　わあ、棚とかついてません？』

防音室をまた改造して、ＡＳＭＲ用の小道具を置いておくための棚をつけたのだった。猫宮さんは好奇心が抑えられない様子で、ぐいーっと動いて、角度を変えて見ようとする。

「いや、見えない見えない！」わたしは思わずツッコんだ。

『にょははは――！』猫宮さんは『にゃはは』じゃなくて『にょはは』と笑う。おしい。一文字ちがいだ。無邪気な笑顔はやっぱり猫に似ていた。

そんなこんなで、あっという間に打ち解けた。五分後にはお互いに『まひろちゃん』『めだかちゃん』と名前で呼ぶようになっていた。ぜんぜん本題には入らず、世間話を繰り広げる。

『めだかちゃん、趣味はありますか？』

「いまは配信が趣味みたいなもので……。ＡＳＭＲの練習ずっとしてます。まひろちゃんは？」

『わたしはサーフ&サーフです――！』たぶん、海の幸と陸の幸にかけて、まひろちゃんは言った。『海のサーフィンと、ネットサーフィンですね～。チューブ&ユーチューブというか』

……？　という顔をしていると、まひろちゃんは解説してくれる。

『あっ、サーフィン用語で、こう、波がクルッとなって、筒状になってるところを、〝チューブ〟っていうんです。むかし、ラップやってたせいか、言葉と言葉が芋づる式にずるずるっと出てきちゃって。そっちは最強すぎてやめちゃって、いまはラップトップだとか、波のリップトップだとかにかじりついてるってわけです。ティックトックはやってないですけど』

「あ～なるほどなるほど」

なんとなくわかる気がした。わたしも、ASMRで音にこだわりだしてから、物と物とが音を介して奇妙に接続され始めている。そういうことが言葉で起こっているということだろう。

『沖縄とかも行きまくって、現地の人に、〝強い人〟って意味の〝ちゅーばー〟って呼ばれたりして。だから今日は、ちゅーばー&ブイチューバーの対面なわけです。にょはははは。でも今年はコロナで近場にしか行けなくて、温泉にいっぱい入って、波への執着を断ち切ろうとしてます。温泉三昧(おんせんざんまい)、南泉斬猫(なんせんざんみょう)、なんて。にょははは』

……？　よくわからないけど、面白い韻の踏みかたをしているような気配は察した。

それから、まひろちゃんは事務所の詳細について語った。わたしが懸念点をあげると、ひとつひとつ丁寧に不安を解消してくれる。

「……じゃあ、自由な活動を阻害されるようなことはないと考えて良いんですね？」

『はい、そういう認識でOKです。あくまでわたしたちはサポートに徹する感じで。〝猫が手を貸してます〟みたいな』まひろちゃんはわたしが配信で出した表現を使って、招き猫みたいなポーズをとった。かわいい。『もちろん、こっちから、〝こういうのどうですか？〟みたいな提案をすることはあると思うんですけど、強制はしません。基本、セルフプロデュースでやっていく形になると思います』

「いや、でも、経営が悪化して、社長が心変わりするみたいな……」

まひろちゃんはフッと鼻で笑った。どうやら社長を思い出して笑ったらしかった。

『うちの社長、ナイーヴなタイプの人間なので、そういうことはないと思います。——まあ、いざとなったらわたしが力尽くでなんとかしますよ。社長ったって、サーフボードで後ろからどついたら死にますから』

まひろちゃんはあっけらかんと言い、舌をぺろり、片目をつむり、バットで際どい球を狙い打ちするようなジェスチャー。わたしは一瞬ぽかんとなって、そして笑って、冗談ぽく言う。

「サーフボード、ノーガード、即デッド、濃厚バッドエンド……」

『〝いばら〟ちゃん、やっぱり面白すぎぃ〜！』

まひろちゃんは手をたたいて笑った。そして、

『でも、最後のワードは〝グッドエンド〟で。社長ぶっ殺したら、わたしが突発的に新事務所ぶち上げます。もう覚悟できてる貧苦レディー、ライカJVCケンウッド、飛ばすロケット〝UFO（ユーエフオー）〟ピンク・レディー、着る乗りこなすチューブトップ、〝あー夏休み〟、ふたりで歌おー〝渚のシンドバッド〟！』

わたしはぜんぜん頭の回転が追いつかず、

「〝指名手配〟されますよ」と、なんの意図もなく言った。

『〝勝手にしやがれ〟です』

まひろちゃんはパチンとかわいくウィンクした。

わたしは面談が終わったあと『ピンク・レディー』について調べて、最後のくだりについて

ようやくわかった。一九七七年、『ウォンテッド（指名手配）』で第十九回レコード大賞・大衆賞を受賞し、第八回日本歌謡大賞を沢田研二の『勝手にしやがれ』と一票差で逃している。

チューブトップのくだりも、ピンク・レディーの衣装のチューブトップと、YouTubeのトップと、波のチューブ・トップが三重でかけられている。いや、社長殺し（キル・トップ）もかかっているのか……？　もっとかかっている気がするけれど、わたしにはわからない。

「まひろちゃん、頭良すぎるな……」

たぶん、いざとなったら本当に、サクッと社長もぶっ殺してくれるはずだ。

安心してください、とまひろちゃんは最後に言った。

『わたし、〝いばら過激派〟なんで。にょははは』

そして、画面にむかって猫パンチした。かわいかった。

15

事務所所属を迷っている背景で、母はずっと、「おかしい、おかしい」と言っていた。

「身体（からだ）がおかしい。どっかにまだがんがある気がする」

病院のほうにも再三訴え、ちゃんと検査して、目を皿のようにしてがんを探したのだけれど、見つからない。けれどやっぱり、「おかしい、おかしい」——

わたしと兄と父は、どうすることもできず、不安になって顔を見合わせるばかりだった。

そのままクリスマスになり、そして、年が明けた。磯原家と長谷川家は結婚が決まって、もうほとんどひとつの家族のような状態で、楽しく一緒にお祝いした。

「もう、ほんとに、めだかには困っちゃいますよ」

母が長谷川夫婦にむかって、しょっちゅうそんなことを言うので、わたしは居心地のわるい思いをした。そんなふうにせっついて、早くバスタブから出したいのだ。

「まあまあ」父がときどきフォローを入れてくれた。「こういうのは釣りと同じでね。そのときが来るのを待つしかないんだから、ね」

「まあ、甘いんだから！　そんなんだから糖尿なのよ！」

理不尽である。糖尿なのは、クリスマスケーキと正月のきなこ餅のせいである。かわいそうなので、わたしはときどき屁を見逃して、罰金を取らないであげた。

兄の結婚式の準備も急ピッチで進められており、三月ごろには挙式できそうな様子だった。


二月頭ごろ、わたしは母に呼び出された。

母は掘りごたつに座って待っていた。わたしはのんきに、

「なぁにぃ～、どしたの母～？」

みたいな感じで軽くむかったのだけれど、その顔を見て、アッとなった。

背筋が凍りつき、鳥肌が立った。

母は、女の能面をつけていた。

真っ赤な唇（くちびる）が嫉妬にゆがみ、歯と白目とが鈍い金色に塗られている、不気味な面……。

「めだか」

能面は言った。

「座りなさい」

どくん、どくん、と心臓が鳴った。

指先が震え、舌がしびれた。

わたしはただ、立ちすくんでいた。

「**座りなさい！**」

能面がさけんだ。わたしはびくっとして、対面にあわてて座った。掘りごたつの角、スーパーの袋から長ネギが飛び出していた。買い物から帰ってすぐ、わたしを呼び出したのだ。

わたしは能面とむかいあった。

能面は何も言わない。

部屋は変に暗かった。

能面は視界いっぱいにひろがっていくような気がした。

「母……」舌がひからび始めていた。「どうしたの……?」


「めだか」

能面はまた、わたしの名前を呼んだ。

「バスタブから出なさい、いますぐに」


「えっ……?」

ドッ、ドッ、ドッ……かつてなく鼓動が速い。能面が言う。

「お風呂場、巣になっちゃってるでしょう。動物の棲むところになってる。動物だとか他のわけのわからないのが棲むところになっちゃってる。人間がいつまでもいちゃダメよ。人間が住むところじゃないのよ」

ドッ、ドッ、ドッ、ドッ……。能面のしたから出る声は、予言のようにひびく。

「厚くなった卵の殻はね、雛を殺すのよ。雛は卵のなかで、腐って死んじゃうのよ」

「母……急にどうしたの？　なんの話……？」

舌がまわらない。力がついたはずなのに。誰でも論破できるようになったはずなのに。

「お母さん、いつまでもめだかのそばにいられるわけじゃないんだよ」

わたしは恐ろしくなって、立ち上がる。能面がわたしの影を床に縫いとめるみたいに、言う。

「めだか。すぐ。すぐよ。すぐに出るのよ。もしも。もしも出ないんだったらお母さん――」

わたしは影をべりべりと床から剥がし、能面の横をすり抜けようとする。

「お母さん――お母さんじゃ、なくなっちゃうからね」

わたしは振り返った。

能面がぐるりと首をまわして、こちらを見ていた。

「大人になりなさい、めだか」

わたしは夕飯にも顔を出さず、バスタブのなかで震えながら眠った。羊のラムちゃんをぎゅっと抱きしめ、毛布を頭からすっぽりとかぶった。きっと母に何かが起こったのだ。何か、恐ろしいことが。――ぽん！　と鼓の音が聞こえた。

ぽん！

ぽん！

ぽん……！

16

わたしはその夜から、正常な眠りを失った。

わたしは眠りのなかで、間違った、恐ろしい場所に入り込むようになった。まるで家のなかに存在しないはずの階段から、暗闇の底へと下りていくみたいに。毎晩のように悪夢を見て、どこか暗い水のなかで溺れた。しかし目覚めるとその記憶はすっかり失われ、溺れていた場所はたかが洗面台に溜めた水だったのだ、というふうに、奇妙な矮小化とすり替えがあった。

母は能面をずっとかぶったままだった。そのまま、いつもと変わらない暮らしを送っていた。わたしに怒鳴り散らすようなこともなかった。それはかえって不気味な印象を与えた。


『お母さん――お母さんじゃ、なくなっちゃうからね』――

恐ろしい言葉はまだ、居間の畳の隙間に染み込んで、しずかに滲み出しつづけている。


休日になると、わたしは逃げ場を求めるようにして、兄の部屋へ行った。

兄はあぐらをかいてスマートフォンでアニメを見ながら、モノマネの練習をしていた。

「シンジィ……エヴァに乗れ……」

ねっとり『エヴァンゲリオン』。わたしはその背中を背もたれにして座った。

「兄……最近、母、変じゃね……？」

返事はない。動画を巻き戻して、声の響きをチェックしている。

「大人になるって、どういうことなんだべ？」

兄はやってることはイタズラ小僧そのものなのだけれど、不思議と大人という感じがする。仕事をしてるからだろうか？　美代ちゃんと結婚するから？　どうも違う気がする。

「ねえ、兄よ?」


「シンジィ……エヴァに乗れ……」

「シンジィ……エヴァに乗れ……」

「シンジィ……エヴァに乗れ……」


「うるせィ」

「あ、いたっ……」

わたしは妹チョップをかました。兄は参考にならない。


その夜も、悪夢にうなされた。暗い水のなかで溺れもがき、汗びっしょりで目を覚ました。息がくるしかった。泣きだしたいような気持ちで、ラムちゃんにぎゅっとしがみついた。

そのときふと――感じた。

誰かが、同じ闇のなかにいることに。

わたしは防音室を上昇させた。

女の泣く声が聞こえてきた。

しくしく……

しくしく……

お風呂場の出入り口のところだった。おおきな丸い影が、わだかまっていた。窓から差す月明かりが、そのすがたをうっすらと浮かびあがらせた。

――能面だった。

しくしく……

しくしく……

「母……？」わたしは切ない気持ちで問いかけた。「母、どうしたの、なんで泣いてるの……？」

能面は答えなかった。

能面は泣きつづけた。

──わたしは目を覚ました。

朝日のまぶしさに目を細める。防音室が上がっていた。いつも下げてから眠るはずなのに。まぶたの裏に、泣きつづける能面のすがたが浮かんでいた。あれは……夢だったのだろうか？　胸のまんなかに、切ない感情が浮かんでいた。満月みたいに。手に取ることができそうなほど、やけにくっきりと。

17

二月下旬、能面が体調に異常を訴え、父と一緒に検査へむかった。

わたしは不吉な予感にとらわれた。なにか恐ろしいことが起こるような気がした。

気を紛らわせるように、配信をした。楽しく雑談していたのだけれどだんだん、何かがおかしい、このままではいけない、そんな焦りにも似た気持ちに駆られて、配信を閉じてしまった。

『いばらちゃん大丈夫？』『無理しないでね』『ゆっくり休んで！』──

視聴者が心配してコメントをくれた。

しかし、裏腹に、時間はゆっくりと流れていた。窓からは冬の透明な日が差し込み、すずめが牧歌的に鳴いていた。わたしは横になった。しかしやっぱり、まどろむことはできなかった。

何かが、致命的にぎくしゃくしていた。まるでなめらかに噛み合った歯車と歯車のあいだに、異物がはさまってしまったみたいに。

電話が鳴った。

耳に当てると、氷のように冷たく、首筋に淡く鳥肌が立った。

『めだか……』

父の声だった。父は泣いていた。

『膵臓にがんが隠れてたんだって。手術できなくて、お母さん、余命一ヶ月だって』

がちん、と歯車が鳴り、ふたたび動きだした。間違った運行だった。間違ったまま、どうしようもなく動きだしてしまった。父は泣きつづけている……。

『お母さん、車に乗って、何も言わずにどっか行っちゃった。どうしよう、めだか……』

迷子のように、父は言った。

そのとき、ガチンと、玄関の鍵がまわる音が聞こえた。わたしはあわてて、そちらへ走った。

ガレージに、車が停まっていた。今朝、父と母が乗って行った車だった。

ぎいっと音を立て、玄関扉がひらいた。

わたしは息をのんだ。

吊り上がった目、

剥き出された歯、

ひたいから突き出した、二本の角……。

般若が、そこに立っていた。

わたしは凍りついて、動くことも、声を出すこともできなかった。

わたしと般若は、しばらくそのまま向かい合っていた。

ドッ、ドッ、ドッ……と心臓が暴れた。

般若が動いた。

般若は、わたしの横を通り過ぎて、家のなかへと入っていった。

ドッ、ドッ、ドッ……心臓をだきしめて、わたしはまともに息もできず立ち尽くしていた。

——焦げ臭いにおいがした。

振り向いた。いつもと変わらない家の景色が、しん、とそこにあった。

やがて、天井に——

煙が這(は)い出してきた。

アッと悲鳴をあげ走った。足がもつれ、すべり、転びそうになりながら、お風呂場へ。そこはもう、白い煙が充満していた。わたしは咳き込んだ。
ゆらり……と、煙のなかに、影があらわれた。
般若だった。恐ろしい形相が、その陰影が、炎のゆらめきのなかで生々しく変転している。その紅い口が、血で濡れたようにてらてらと光っている。
バスタブのなかが、ごうごうと燃えている。
般若の影が、壁から天井にかけて、化け物のようにふくれあがっている。

『めだか』

やけに低いところから、地を這うように、声が聞こえた。般若が言ったはずだった。しかし、その声は、空間のそちこちから、不気味にひびいてくる。

『だから』

『だから言ったのに』

『お母さん』

『ね』

『お母さんじゃ、なくなっちゃった』

『お母さん』

そして、般若は泣いた。人間ではない声で泣いた。

おろろろろろろろろろろろろん……

おろろろろろろろろろろろろん……

おろろろろろろろろろろろろん……

泣きながら、わたしの横を通り過ぎて、どこかへ行く。わたしは炎を見つめたまま、くるしい胸のまんなかに、ぎゅうっと爪を立てる。激しく咳き込む。ようやく正気になる。水道の元栓を開け、シャワーを全開にする――

じゅうううううっ……！　いっそう濃い煙がもうっと一気に膨れあがった。ゲホゲホと咳き込む。くるしい、とわたしは思う。くるしい。くるしい。くるしい。くるしい……！

気がつくと火は消えて、わたしは風呂場のがらくたのなかにうずくまって、ぼろぼろ泣いていた。ただただ、呆然と泣いていた。やがてお腹の底から、ひとつの予感がわいてきた。

母は失われてしまった。

きっともう二度と、帰ってはこない。

嫌だ――！

わたしは走った。

玄関扉に手をかける。

――が、開かなかった。

まるでぶ厚い岩でできているみたいに、びくともしなかった。吐き気と、めまいがした。わたしはへにゃへにゃと崩れた。号泣しながら、兄に電話をかけた。つながるまでかけつづけた。

『どうした？　仕事中だぞ？』

「母が……母が……！」言葉が指の隙間からぽろぽろとこぼれ落ちていく。

『……わかった、すぐ帰る、待ってろよ！』

やがて、タイヤが路面をこする音が聞こえた。ほんとうにすぐ帰ってきてくれたのだった。

兄は呆然と惨状をながめた。

「母が……もう帰ってこないかも……探しに行かないと……！」

わたしは必死に訴えた。なぜ母がいなくなったのか、もう帰ってこないのか、論理的な説明はなにひとつできなかった。ただ、確信にも近い、強烈な予感があった。兄は信じてくれた。

「車はまだある、そう遠くには行ってないはずだ」

兄はドタバタと、二階からドローンを持ってきた。

「空から探すんだ！　めだかのスマホで、ドローンのほうにテレビ通話して……ええと……」

兄は頭をかきむしった。「そうだ、家の電話からおれのスマホに電話かけて、連携するぞ！」

そして、玄関から飛び出していった。

わたしはスマートフォンからテレビ電話をかけた。ドローンは空高く舞い上がっていき、桜ヶ丘の風景を映し出す。同時に、家の電話から兄の番号へかける。

「ダメ、見当たらない！」

『わかった……ハァ、ハァ……！』

兄は走り回っているみたいだった。ドローンは屋根屋根のうえを、すべるように飛んでいく。母……！　母……！　わたしは祈るように、心のなかで呼びつづける。

「兄、ストップ！」

わたしはさけんだ。桜ヶ丘中央公園だった。ドローンはそちらへ近づいていった。


能面が、すべり台のてっぺんに、体育座りしていた。


とても、きちんと。すこしでも場所をとらないようにしているみたいに。ドクン、ドクン、とわたしの心臓はまた速くなり始めた。ドローンは能面の前に、ホバリングした。

「母……」わたしは呼びかけた。

能面は心持ち顔をあげた。

『めだか……？　めだかなの？』

「そうだよ。母、どうしてそんなとこいるの？　帰ってきてよ。うちで話をしようよ」

能面は沈黙した。わたしはごくりと唾を飲み、言葉を待った。やがて、能面は言った。

『無理よ。お母さん、もう帰れない』

「……どうして？　どうして帰れないの？」

『めだか、どうして？』能面は訊き返した。『どうしてそんな変なラジコンで来たの？　お母さん、めだかに直接来てほしかった……』

直後、能面がスマートフォンの画面下へするっとスライドし、消えた。ドローンのカメラが追った。能面はすべり台をスルスルとすべっていったのだった。そして、きれいに着地すると、テッテッテッと小走りでかけて、公園を出て行った。ちょうどそこに、バスが来た。

「待って、行かないで！」

しかし能面はバスに乗り込み、走り去ってしまった。

そうしてわたしたちは、母を見失った。

第四章

1

母が行方不明になってから、三日が経った。

父と兄は仕事を休み、あちこち探したけれど、無駄だった。誰も、行方を知らなかった。

わたしは一時、自分の部屋へと退避していた。バスタブの底には黒い灰が溜まったままだった。マットレスや無辜の羊たちのなれの果て。不幸中の幸いというべきか、防音室や電子機器は無事で、配信を再開することもできた。けれど、まったく動けなかった。

わたしは母を失ってしまった。

おそらくは、わたし自身のせいで。わたしはあのとき家を出て、自分の力で、自分の肉体で、母を探しに行かなければならなかったのだ。何もかもかなぐり捨てて。けれど、できなかった。そのせいで、何かが致命的に損なわれてしまったのだ。損なわれたものはもう戻らない。灰になったラムちゃんがもう戻らないのと同じように。

そんななか、遠い国で戦争が始まった。

薄暗い部屋のなかでひとり、ニュースを追った。まだ人類は戦争をしてしまうんだ、と暗澹たる気持ちになった。異世界に迷い込んでしまったような気がした。夢のなかで存在しないはずの階段から暗闇の底に降り、選択を間違えて母を失い、戦争のある世界へきてしまったのだ。

ぽん！

ぽん！

ぽん——！

丑三つ時に目が覚めて、うまく呼吸ができなくて、お風呂場へ行く。

暗闇のなかで、ぼうっと立ち尽くす。まだ、焦げ臭いにおいが漂っている。

胸の爪痕が痛んで、パジャマのボタンを外す。鏡に映った胸には、真っ黒い穴がぽっかりと空いていた。うなじに手をやると、そこにも穴。わたしは傷つくたびに、穴ぼこだらけになっていく。汚れにかまわず、バスタブのなかで丸くなった。恐ろしく冷たかった。身体に空いた穴から、凍るような冷気が侵入してくる。

お腹のなかには、腎臓のかたちをした漬物石が、しんとうずくまっていた。

無音——だった。

セミの声も、心臓の音すらもなかった。

世界では感染症により『断絶』が進んでいます、とお昼のニュースで言っていた。我々は『繋がり』を取り戻さなくてはなりません――。わたしには関係のない話だった。わたしは『断絶』からすらも『断絶』されている。

やがて静寂の底から、遠い国の戦争の音が、不気味にひびきはじめた。まぶたの裏に、戦火がちらついた。奇妙な戦場だった。『へのへのもへ人』たちが入り乱れて殺し合っている。人間の顔はどこにもなかった。戦争は女の顔をしていないし、誰の顔もしていない。

その音すらも聞こえなくなった。血管には血ではなく、温度のない暗闇が流れ始めていた。

なんにもない、とわたしは唐突に悟る。

人生にはなんにもない。

人間は暗闇からやってきて、暗闇へ帰っていく。

わたしたちは何も手に入れることはできず、それでいて何もかも失う。

かくれんぼをしているとき、いつも怖かった。このままずっと、誰にも見つけてもらえなかったらどうしようと思って、怖くてたまらなかった。暗闇がちいさな黒い海になってわたしを呑み込んでしまうような気がした。

でもそれが、人生の最期に、誰にでも起こることなのだ。

人生はこんなにも無意味なのに。どうして何度も、こんなに恐ろしい夜を越えていかなければならないんだろう？　こんなに眠れない夜を耐え忍ばなければならないんだろう――？

遠い国で戦争が起こっている。眠れない人たちがまた増える。その人たちのことを思うと、じわりと涙が出てくる。辛いよね。眠れないのは、辛いことだよね。眠れない人がひとりもいなくなればいいのにと思う。みんなに安心して眠ってほしい。あたたかくて楽しい夢を見て、微笑みながら眠っていてほしい――

わたしはコントローラーを手に取り、防音室を下ろした。それから、Ｌボタンを押して照明をつけ、スタートボタンを押した。ＰＣが起動する。

黒杜いばらが配信を始める。こんな時間なのに、すぐに視聴者が集まってくる。眠れない人たちが、たくさん。わたしは無心で、ＡＳＭＲ配信をした。

「大丈夫だよ」と、いばらは繰り返し言う。「大丈夫、大丈夫……」

ゆっくりと時間をかけて、気持ちのいい音を生み出す。そして、ひとりひとりを、すこしずつ眠らせてゆく――

書き込まれたコメントを見て、涙が出てきた。

『眠れなくて辛かったけど、今日は眠れそう！　ありがとう、いばらちゃん！』

そのまま涙は止まらなくなった。

みんなが眠ってくれるだけで、わたしは嬉しい。

そのためなら、毎日、何時間だってがんばれる。祈りつづけることができる。

わたしはぽろぽろ涙を流しながら、ちょっと笑う。

なんだ、無意味でも、生きられるじゃん。

わたしは一睡もしないまま、朝をむかえる。朝日が窓から差し込んでくる。

ふしぎな感覚がおとずれる。わたしのなかに散らばっていた、透明な水晶でできた骨のようなものが、あるべき場所にぴったりとおさまる。目に詰まっていた泥が落ちて、世界の解像度が一段あがる。つややかな爪のわずかにざらついたニュアンスや、足の甲に透けている青い血管の細やかさなんかが、いちいち鮮やかに認識される。バスタブは新しいバスタブになり、シャワーヘッドは新しいシャワーヘッドになる。まるでアンパンマンの顔が、新しい顔に入れ替わるみたいに。万物にひそむ凄腕(すごうで)のバタコさんが、それを一瞬でやってのける。

わたしはバスタブから出て、鏡を見た。ほっぺが真っ黒に汚れている。ぐいっと乱暴にこすった。ぜんぜん落ちなくて笑った。洗面台で洗顔料をつかって顔を洗い、髪もシャンプーして、からだを濡(ぬ)れタオルで拭(ふ)いた。

そして、普段着にきがえた。スマートフォンとお財布と、ハンカチとティッシュだけ持つ。

玄関の前に立つ。靴を履き、扉をあけた。

まぶしい朝の光が目を刺した。

涙が出た。

めまいがする。

世界が広すぎて。

何もかも鮮やかすぎて。

わたしは肺を慣らすみたいに、ちいさく呼吸した。

深く息を吸った。冬の風と光の匂いが胸に満ちた。

よし、とわたしは思った。それから、歩きだした。


母を探すために。

2

わたしはバスに乗り、郡山駅へ行った。快適なバスタブのなかと違って、外はおそろしく寒かった。服屋で水色のマフラーを買い、薬局で痛み止めと酔い止めの薬を買って飲んだ。

それから、いわき駅行きの長距離バスに乗り込んだ。

母は、故郷にいるという気がした。論理的な根拠はどこにもない。ただ、わたしの肌が、そう感じる。わたしの肌と、母の肌はどこかでつながっている。

昨夜は一睡もできなかったので、バスのなかで眠りに落ちる。深い眠りだった。

そして、奇妙な夢を見た。

どこかの港だった。わたしと父は並んで座り、海釣りをしている。

傍(かたわ)らにはなぜか、仏壇などに置いてある『おりん』があって、父はそれをときおり、チーンと鳴らした。

「ぜんぜん釣れない、この海には魚がいない」と、わたしは言った。

「海に文句を言うのは最悪の釣り人だね」と、父は言った。

「じゃあ釣り竿が悪い」

「道具に文句を言うのは悪い釣り人だ」と、父は笑った。「普通の釣り人は自分のせいだと言い、良い釣り人は運をわきまえている」

「最高の釣り人は？」

「最高の釣り人は、その日、釣れるか釣れないか、あらかじめわかる。世界にはそういう、はかり知れない面がある。ひと皮むけば、妖(あや)しい闇がうごめいている」

チーン……『おりん』のふしぎな音が鳴りひびく。父はつづける。

「イワナ釣りに山奥まで行ったとき、なぜか、そこにいるはずのないお坊さんが立っていてね。『戻りなさい、今日は釣れませんよ』と言う。不思議に思いながらも、一緒に握り飯を食べて、別れた。そのあと、人間の顔をしたイワナが釣れた。腹を割(さ)くと、さっきの握り飯が出てきた。その日──めだかが生まれたんだよ」

するとわたしの竿にアタリがきた。釣りあげて、ぞっとなった。

人間の顔をしたイワナだった。

渓流にいるはずのイワナが、なぜ海から釣れるのかわからなかった。父はその魚をサッと針から外すと、その腹を割いた。わたしは息をのんだ。お腹から、まったく同じすがたのイワナが出てきたのだった。

「――わかるかい？　お前はこれから、恐ろしい場所に行こうとしているんだよ。ほんとうの暗闇と、ほんとうの暴力がある場所に。そこでは時間が背骨を失い、因果がどろどろの肉のように溶けあう。

ゆっくり行きなさい。

慎重に行きなさい。

正しいものを持ち帰りなさい。

無理なら引き返しなさい。

永遠に道を見失って、戻ってこられなくなるかもしれないから――」

イワナが、海に戻された。すると不思議なことに、腹を割かれたほうも、たちまち生命を取り戻し泳ぎ去った。

父は、チーン……とおりんを鳴らして、こちらを見た。

わたしは息をのんだ。

父は、仮面をかぶっていた。真っ白な、どじょう髭と、長いあご髭の生えた……。

——『翁』の面だった。

ホ、ホ、ホ……と翁は笑った。

チーン——と、おりんが鳴った。

わたしはハッと目を覚ました。
バスはもう、いわき駅に着いていた。

3

たしかにいわき駅に着いたはずだった。けれど、違う場所に来てしまったような感じがした。まったく同じ見た目をした、まったく違う場所に。すれ違う人々には生気がなく、その顔には、まるで仮面をつけているみたいに、遠い距離がふくまれていた。
空は重さのない灰色だった。太陽はどこにも見えなかった。空はゆっくりと永遠に降りつづき、火山灰のように積もり、煙のようにたゆたい、あらゆるものに浸透していた。たばこの煙のなか。ざらつく肌。ポップソングの間奏。鳥のはばたき。真空管。むなしく膨らんだコンビニの袋……。呼吸すると、わたしの身体にも空は浸透した。身体がへんに軽く、曖昧になった。腎臓のかたちをした漬物石だけが、錨のように重たかった。

わたしは恐ろしい場所に来てしまったのだとわかった。夢の通路をとおり抜けて。

わたしは母の実家のある江名行きのバスに乗った。乗客はみんな、息を潜めているような感じがした。窓の外を景色が流れていく。しかし、移動している気がしなかった。外はどこまでも同じ灰色だった。

海が見えた。

江名に着いた。

潮の匂いがした。

なんのへんてつもない、田舎の閑散とした港町。家々の屋根のむこうに、こんもりと丘の緑が見える。丘の斜面をかためるコンクリートが、潮風でしずかに朽ちている。

人っこひとり、いなかった。ただ、江名港を築いた中田政吉像が、港を見つめるかたちで屹然と立っていた。『港修築記念』と彫られた石碑のとなりに、松の木が一本、植わっている。

どこかで見たことのある風景だと思った。けれど、どこで見たのかわからなかった。

海辺をぽつぽつと歩く……。堤防のうえに立った。海もまた、灰色だった。雲か煙のような波が立っていた。空と海は水平線の彼方でひとつになり、その境目は見分けられなかった。まるで一枚の幕のように。潮騒だけが、遥かなひろがりを音のうちにふくんでいた。

わたしは海が怖かった。

母は海のなかにいるのかもしれない。海のなかで、巨大なクエと闘っているのかもしれない。

わたしは靴をぬぎ、靴下もぬいで、テトラポッドのうえに立った。海は思いのほか荒々しく、あぶくを立てている。ひときわ強烈に潮のにおいが立ちのぼる。暗がりで蟹がうごめいている。海水に足を浸した。水は刺すように冷たかった。

——違う、と思った。そうじゃない。こっちじゃない。わたしは漬物石をかかえこんでいる。ひとたび海に入れば、二度と浮かび上がってはこられないだろう。わたしはちゃんと帰らなくてはならない。家族のもとへ。母を連れて。

靴下をはき、靴もはいて、靴紐をしっかりと結んだ。そしてまた、歩きだした。灰色の港町をとぼとぼと歩いた。鯵のひらきが干してあった。独特のなまぐささにまぎれて、なぜか、桃のような甘い香りがした。

風が鼻腔をくすぐった、ひときわ強く、甘い香りがした。誘われるように、そちらへ。しだいに、その匂いは強さを増していった。近づけば近づくほど、桃は熟していくようだった。カーブのところで、光がはねていた。

近づくと、それは魚だった。淡い桃の香りを放ちながら、ぴちぴちとはねている。

『魚の獲れるカーブ』──

道の先にトンネルがあった。不気味なトンネルだった。

ぞくり──と、鳥肌が立った。

『無理なら引き返しなさい』──

大丈夫だよ、とどこかにいる母に言う。かくれんぼをしていて誰にも見つけてもらえない怖さと悲しさをわたしは知っている。大丈夫だよ、母。ちゃんと、見つけてあげるからね。

わたしはトンネルに入った。

濃厚な桃の香りが満ちた。

4

暗闇のなかを、恐るおそる進んでいった。

一寸先も見えない闇が、どこまでもつづいている……。だんだん、空気が薄くなっていくような気がした。頭がぼうっとし、息が切れ、身体が重たくなっていく。対照に、桃の香りはどんどん濃厚になり、重たい霧のように肌を舐めた。

どこからか、クジラの歌声のような、深遠なひびきが聞こえてくる……。

「母……」

ふいに、ぴしゃりと水音がした。靴がぐっしょりと濡れ、冷たくなった。

気がつくと、足元に水が張っているのだった。海のにおいがした。わたしは靴下まで脱ぎ捨てた。それからまた、進んだ。足元から心臓へと、ゆっくりと冷気が浸透してきた。

やがて、行手に、ぼんやりと明かりが灯った。

——炎だった。

篝火が、ぽつりぽつりと立ち並んでいた。ぱちぱちと薪の爆ぜる音がする。足元の水は暗い鏡となって、わたしの立てる波が、こちらへと長く伸びる炎の像をゆらめかせた。波も音も、遠くへ行くばかりで、返ってはこなかった。

やがて、闇の奥から、ひとつの建築が浮かびあがってきた。

——能楽堂だった。

四本の柱で支えられた切妻屋根のしたに正方形の本舞台があり、舞台背景である鏡板には松が描かれている。橋掛かりと呼ばれる廊下が、舞台奥から左手奥へと斜めに伸びて、その突き当たりには、緑・黄・赤・白・紫の五色に染められた揚幕が掛かっている。

それは、炎のゆらめきと、光と影とに支えられた、夢まぼろしの建築だった。

やがて、お調べ——笛、小鼓、大鼓、太鼓の音——が聞こえだした。揚幕が上がり、橋掛かりを渡って、演者たちが入場してきた。そして、能の舞台が始まった。

わたしはぼうっとなって、それを観(み)た。

わたしはわたしではなくなり、知らないはずのことを知っていた。

演目は、『海士(あま)』だった。

藤原房前(ふじわらのふささき)が、亡き母を供養するため、香川県の志度(しど)の浦(うら)を訪れた際、その母の亡霊に出会う話。母はかつて、房前の出世のため、龍宮(りゅうぐう)に奪われた宝物である面向不背(めんこうふはい)の玉(たま)を取り戻そうと、ただひとり命懸けで海へと潜ったのだった。

かくて龍宮に到りて宮中を見ればその高さ
三十丈の玉塔に　かの珠を籠め置き
香花を供へ守護神は　八龍並み居たり

盗みに成功した母は、悪龍に追われるも、自らの右の乳房を剣でかっ切ってそこに宝玉を隠し、地上へと持ち帰った。そして、命を落としてしまった。

——恐ろしく美しい舞台だった。

能が長い長い時間のなかで名人たちの命を吸い尽くしながら受け継がれ、洗練に洗練を重ね、たどり着こうとしている究極の境地を、わたしは目にしていた。動作のひとつひとつが、生命をみなぎらせながら、優雅に流れてゆく。意味を持たない虚無の動作ですら、虚無のまま、全体と美しく調和していた。

わたしは昔のことを思い出した。なぜ、家族で能舞台を観(み)に行ったあと、大泣きしたのか。舞台の最中に、主役(シテ)が死んだのだ。

いきなり、心臓が止まって。

ぐったりとなったその人は、こっそりと、貴人口と呼ばれる普段は使われない出入り口から運び出されていった。舞台は何事もなかったかのように、後見と呼ばれる控えの人と、主役を交替して継続された。能の舞台は命懸けで、何があっても中断できない。家族のなかで、わたしだけが、主役(シテ)が死んだことに気づいて、泣いたのだった。死が怖くて、死者が出たのに続く舞台が怖くて、泣いたのだった。

――いま、目の前の主役(シテ)も、死んでいた。

死んだまま、美しく舞い続けていた。

母がつけていたのと同じ、《泥眼(でいがん)》の能面――そこにわたしは、わたしの母の顔を見た。母は乳房をかっ切って宝玉を隠し、橋掛(はしが)かりを渡って、鏡の間へと消えていった。

すべての音が消えた。

薪(まき)の爆(は)ぜる音だけがよみがえった。ドクン、ドクン、と心臓の音が聞こえた。

わたしは我に返り、いつの間にか止めていた息を吐いた。誰もいなくなっていた。

正面の階(きざはし)と呼ばれる階段から、舞台へと上がり、母を追って、橋掛りに足を踏み入れる——

能において、本舞台は〝現世〟、鏡の間は〝幽界〟に見立てられる。その中間で、わたしは床から三センチくらい浮いていた。お腹のなかの漬物石は、重さを失ってしまっていた。うまく歩けずに、自然に、某ネコ型ロボットみたいな、能みたいな歩きかたで進んだ。

『——わかるかい？　お前はこれから、恐ろしい場所に行こうとしているんだよ。ほんとうの暗闇と、ほんとうの暴力がある場所に』——

わたしは〝幽界〟へと入った。

5

……そこは、手術室だった。

手術着を着た人たちが忙しなく立ち働いている。足元でバチャバチャと音がする。床に水が張っているのだ。心電図だとか血圧を映しているモニターや、人工呼吸器、麻酔器なんかの機械がいっぱいある。ピッ、ピッ、ピッ、と電子音がしている。

手術台に横になっている人の顔を見る。

——母だった。

酸素マスクとサージカルキャップをつけているせいで、一瞬わからなかったけれども、間違いなく母だった。よく見れば、若い。肌に張りがあり、頬にシミがない。

母に布団のようにかけられているドレープには、お腹のところだけ丸く穴があいていて、そこからパンパンに膨れたお腹が露出している。

帝王切開だ、とわたしは思った。

「メス」

わたしは目を逸らした。

アラームが鳴った。

「輸血の準備！」

「赤ちゃん息してない！」

医師に抱かれたしわくちゃで血に汚れた赤ちゃんは、しん……としている。

——わたしだ、と思った。

わたしは時間を超えて、自分が生まれた瞬間に立ち会っているのだ。

怖くて、後退りした。

しくしく……しくしく……と、女の泣く声が、足元から聞こえる。

視線を下げると、鏡となった水面に、わたしの像が映った。

――《泣く女》だった。

会社に行けなくて泣いて吐いてキュビズムになったわたしの顔。油絵みたいな青い大粒の涙をでろでろと落としている。そしてその腕には、息をしていない赤ちゃんを抱いている。

そして世界が裏返る。

わたしは鏡のなかのわたしになる。

わたしは輪郭の曖昧なキュビズムになって、冷たい漬物石のような赤ん坊を抱いていた。どろどろに溶けながら、赤ちゃんのお腹に青い絵具をぼたぼたと落としている。

息をしていない。

体温が失せていく。

わたしが、死んでしまう……。


「貸してッ！」

母の声がした。

顔をあげると、手術台のうえの能面が、こちらに手を伸ばしていた。

ドレープはお腹ではなく、右乳房のところに穴があいている。そして、『海士(あま)』のように、乳房のしたがかっ切られ、血がだらだらと流れていた。

『そこでは時間が背骨を失い、因果がどろどろの肉のように溶けあう』——

母はわたしを産むとき、ここに来たのだ、と思う。現実と鏡映しのこの場所に来て、赤ん坊のわたしのお尻(しり)をたたき、どうにか息をさせたのだ。

じゃあ、とわたしは思う。

わたしがこの赤ん坊を渡さなかったら、どうなるんだろう——？

グニニニニッ……とわたしの輪郭がゆがむ。曖昧(あいまい)になる。

直観する——赤ん坊を渡さなかったら、わたしは生まれなかったことになるはずだ。

ずっと、生まれてこなければよかったと思っていた。

できるだけ早く死にたかった。

消えてしまいたかった。

透明になりたかった。

わたしはどんどんドロドロになっていく。意識もぼんやりしていく。

抽象画みたいになりつつある顔が水面に映る。


……あれっ、わたしって、どんな顔してたっけ？


ブワッ！　とわたしは一気にほどけた。目まぐるしく形態を変えながら、天井へひろがっていく。煙のように。お風呂(ふろ)場のステッカーのように。わたしの描いた青空のように。モネの《積みわら》のように。ゴッホの《星月夜》のように。クリムトの《接吻(せっぷん)》のように。キリコの《通りの神秘と憂愁》のように。ピカソの《ゲルニカ》のように……。

無数に増えたわたしの目が、眠たく閉じてゆく。

赤ん坊が冷えていく……。


「**貸してったら！**」

びくり、とわたしは波打った。能面が動かないはずの身体(からだ)を無理やり起こしていた。おっぱいをボロンと放り出して、血を流しながら。

わたしはその気迫に圧倒された。そして、無数の目でぼろぼろと泣いた。

病室に青い雨が降った。

生まれてきたい、と思った。

母の子になりたい。

家族に会いたい。

蒼くんや美代ちゃんや、早苗ちゃん、みんなに会いたい。

みんなが好きだ。みんながいる世界に生まれてきたい……！

けれど、動けなかった。動きだすために、わたしは輪郭を取り戻さなくてはならない。

磯原めだかのすがたを想像し、そのかたちに戻ろうとする。

ぐぐぐぐぐ、と時間が巻き戻しされるみたいにわたしは収束し始める——けれど、すんでのところでまたほどけてしまう。磯原めだかの顔が、どうしても思い出せない。

能面が泣いている。わたしもぼろぼろと泣く。

鏡のむこうの世界では、医師が赤ん坊に人工呼吸と胸骨圧迫を繰り返し、アドレナリン注射を準備している。みんな必死にやってくれている。

わたしはすべての目を閉じる。暗闇が降りる。強くイメージする。磯原めだかの顔を——。

鏡のむこうの世界で、アラームが鳴る。心拍数が低下している。

磯原めだかは煙のようにかき消える。

わたしが崩れていく。

わたしが消えていく——


そのときふいに、声がした。

『大丈夫だよ』——


暗闇のなかに、黒杜いばらが現れた。眠れない人たちのためにそう繰り返す、彼女のすがたが——。とても鮮明なすがただった。VTuberを始めてからずうっと、自分の顔より彼女の顔のほうを、よく見てきたのだ。

ぐぐぐぐぐ……と、わたしは収束していく。

強くイメージする。ブルーのドレスに、黒い荊、白い髪、氷のような色の薔薇の髪飾り……。

簡単だ。だって、黒杜いばらは——わたしが描いたのだから。

気がつくと、わたしは黒杜いばらのすがたになっていた。

いばらは歩きだした。

そして母に、赤ん坊を手渡した。

母は赤ん坊を逆さにして、お尻をぺぺん・ぺん・ぺぺん！　とリズミカルに叩いた。
赤ん坊は、産声をあげた。
母はそれを、愛おしそうに抱きしめた。

6

気がつくと、トンネルのなかで倒れていた。
起きあがり、身体をチェックする。いつもの磯原めだかのすがただった。
遠くに見える光を目指して、歩いた。
トンネルを抜けた。
すぐ近くの家の軒先に、だれかがしゃがんでいた。
雲の割れ間から光が差し、そのすがたをやわらかく照らしていた。

——能面をつけた、母だった。

軒先にあるめだか鉢を、一心に眺めている。季節はずれの青い蝶が、そのまわりでひらひらと舞っていた。めだか鉢の澄んだ水と、蝶の羽とが、ひだまりの光をきらきらと散らしていた。

「母っ……！」

わたしは思わずさけんだ。母は顔をあげた。穏やかな表情の、女の能面だった。

「……めだか」

母の声だった。母は立ち上がった。わたしはたまらず駆け出し、その胸にとびこんだ。ほとんど腐りかけているような、濃厚な桃の香りがした。わたしはぼろぼろと泣いた。

「ごめんね。ごめんね。わたしがいつまでもちゃんとしないせいで、心配かけてごめん」

すると、母の大きなからだが揺れた。泣いているのだった。

「ううん。お母さんの方こそ、ごめんね。お母さん、焦っちゃったの。もう死んじゃうんだと思って。めだかが心配だったの。めだかにずっと申し訳ないと思ってたから、なんとかしてあげたいって、焦っちゃったの……」

母はわたしの背中をごしごしとこすった。わたしは涙と鼻水を垂らしながら、訊く。

「なにが？　なにが申し訳ないって思ってたの？」

うぐぐぐっ、と、母のお腹から苦しげな声がひびいてくる。嗚咽している。

「お母さん……お母さん、ちゃんと産んであげられなかったんじゃないかって。ほかの赤ちゃん、みんなおっきくて、元気そうなのに。めだかだけ、保育器のなかで、すっごくちいさくて。わたしの図体はこんなに大きいのに。何がいけなかったんだろう。なんでちゃんと産んであげられなかったんだろう。めだかが可愛くて、可哀想で、ごめんね、ごめんねって……」

わたしは母の胸に顔をおしつけて、声をあげて泣いた。ちがうよ、とわたしは言った。

「ちがうよ、母のせいじゃないよ。わたしが焦っちゃったんだよ。早く母に会いたくて、早く磯原家の一員になりたくて、焦って早く生まれてきちゃったんだよ。母のせいじゃないよ」

うううううう、と母は泣いた。わたしをぎゅっと抱きしめた。わたしも負けないくらい強く抱きしめ返す。もう母がどこにも行かないように。

わたしたちは抱きしめあったまま、ずっと泣きつづけた。

7

トンネルを戻ると、母のからだから桃の匂いがしなくなった。

雲の割れ目から日が差していた。母の手を引いて、わたしは歩いた。空はどんどん晴れていった。道路を車が走っていた。おじいさんがチワワと気持ちよさそうに散歩している。

——ちゃんと、戻ってこられたのだ、と思った。

ちゃんと母を見つけ、連れ戻すことができたのだ。

「せっかくだし、水族館にでも寄っていかない？」

能面が言った。わたしは「うん！」と笑顔でうなずいた。わたしたちは二十分ほどバスに乗り、イオンモールいわき小名浜で降りた。それから、『アクアマリンふくしま』にむかった。

「懐かしいねえ」母が言った。「ここができたの、お母さんがまだ二十代のときだよ。お父さんとデートしてね。めだかも昔、一回きたんだけど、憶えてる？」

わたしは記憶を探った。頭のなかを、魚の幽霊たちが泳いだ。

「なんか、三角形のトンネルがあった気がする」

「そうそう、あったあった」

わたしたちはゲートで入場料を『大人ふたり』ぶん払い、入館した。

『わくわく里山・縄文の里』コーナーをぐるりと見てまわってから、本館のほうへ。ガラスのトンネルをイメージさせる、かまぼこ状の大きな建物だった。

入り口からすぐのところに、『海・生命の進化』のコーナーがあった。

シーラカンスの標本だとか、カブトガニだとか、古代からの生物の進化を示すものが展示されている。見上げると、巨大な模型が吊るしてあった。丸い頭と鋭い牙をもつ古代の魚が、古代のエビに食らいついている。ダンクルオステウスといって、古生代デボン紀後期の魚で、体長三〜四メートルもあったそうだ。エビだと思ったものはウミサソリで、サソリといいつつサソリではないらしい。ややこしい。三億年とか四億年の話になると、スケールの大きさに、ただただ圧倒されるしかない。大昔から連綿と、生命はつづいてきている。

二階に上がると、あの三角形のトンネルがあった。

『潮目の海』という展示で、親潮と黒潮を、三角形のアクリルトンネルが区切っている。その〝潮目〟を通り抜けるとき、わたしもまた、現実と記憶のあいだを通り抜けた。魚の幽霊たちが泳いでいた。『わあっ！』とまだちいさな子供のわたしがさけんだ。むかしの母に抱っこされていた。隣にはむかしの父がいて、ちいさな兄と手をつないでいた。みんなで、目をきらきらさせて、魚たちに見惚（みと）れていた。

トンネルを先に抜けて振り返ると、母が、ぽつん、と立っていた。

三角形の枠のなかに、白い能面と、母のずんぐりしたからだが、霧のような儚（はかな）さで浮かび上がっている。水の青い反映と虹のひだをゆらめかせ、いくつもの鏡像の、夢幻の通路のなかに、どこまでも立ちすくみながら……。

『お母さん、余命一ヶ月だって』――

父が泣きながら言った声がよみがえった。

母は失われつつあるのだ、とわたしは強く感じた。あんなに恐ろしい世界まで行って、母を連れて帰ってきたのに、また失ってしまうのだ。そして今度は、永遠に。もう二度と、取り戻すことはできない。

胸がしめつけられるように痛んだ。ぽろぽろと涙がこぼれた。

「どうしたの、めだか？」

母がやってきて訊いた。子供のころ、『どうして泣いてるの？』と訊かれて、何も答えられなかったことを思い出す。そのときと同じもどかしさで、わたしは泣きつづけた。よしよし、と母はわたしの背中をなでる。夜中に息ができなくなったときに、してくれたように。

「ごめんね、めだか。ごめんね」

母はわたしの手を引いて歩く。

「めだか。見て。この魚。お父さんソックリよ。『オジサン』って名前なんだって。ガハハハ」

見ると、あごからひょろん、とヒゲが生えている魚がいた。父とたしかにソックリで、わたしは、ぷっ、と吹き出してしまった。泣きながら笑う。感情がぐちゃぐちゃだ。

母が好きだと思う。大好きだ。ずっと一緒にいてほしい。家族が好きだし、そこに母がいてくれるのはとても素晴らしいことだ。この旅がいつまでも終わらなければいいのに。終わらないでください。わたしはそう祈った。

三階にあがると、クジラの骨があった。九メートルのミンククジラの骨格標本。

『いわき七浜・捕鯨文化コーナー』だった。いわき市には『七浜』と呼ばれる約六十キロメートルに及ぶ海岸線がある。そこにかつて、捕鯨の文化があったという。日本画のレプリカも展示されている。勢子舟を使った追込み漁を描いた『捕鯨絵図』、浜に揚がった鯨を描いた『磐城七浜捕鯨絵巻』……。

『鯨一匹捕れば七浦潤う』という言葉通り、七浜の生活はクジラによって支えられていた。鯨は棄てるところがない。肉や内臓は食料に、脂は灯用や石鹸(せっけん)に、歯は美しい工芸品に、ヒゲはゼンマイに加工され文楽の人形に、腸内結石さえ龍涎香(りゅうぜんこう)と呼ばれる香料になったり……余ったところもちゃんと肥料になる。畏敬の念を抱かれ、鯨骨を祀(まつ)る神社もできた。クジラは恵みをもたらし、人々の生活と文化を豊かにしてくれた。

「そういえばわたし、〝くじら〟って名前なのに、ついに一回も本物の鯨を見ないままだね」

何気なく言ったのだろうけど、わたしはピンときた。

「母——！」わたしはさけんだ。「クジラ、見に行こう！」

母はポカンとしていたけれど、やがてガハハハと豪快に笑った。

「いいね、行こうっか——！」

そして、わたしたちの旅は、すこしだけ延長された。

8

小型船が灰色の空と、鉛色の海のあいだを、白い飛沫（ひまつ）を立てながら進んでいく。

振り返ると、那覇港がちいさく見えた。船がざぶんと揺れる。磯原（いそはら）家は歓声をあげた。

母を家に連れ戻してきたのは昨日のことで、一泊二日の弾丸ツアーを敢行することとなり、朝一の便で沖縄まで飛んできたのだった。コロナの影響で、予約は取り放題だった。郡山（こおりやま）駅から新幹線で東京まで行き、羽田空港から那覇空港、というルートでだいたい六時間。ホテルに着いたのが十二時半ごろで、いまは十四時だった。

「いやぁ〜、気持ちいいねェ〜！」

父が言った。うさん臭いサングラスをつけ、どじょうひげを風になびかせている。ライフジャケットのしたに、ピンクのアロハシャツを着ていた。この日、郡山市の最高気温は十度前後の予定だったが、那覇市は二十度前後もあった。

「クジラ、十頭くらい見られる気がするねェ〜」

と、兄が言い、磯原家はのほほんとそれに同意した。

——が、クジラはなかなか現れなかった。

やがて、父が手すりの支柱にしがみつき、そこから頭を出して、海にむかって嘔吐（おうと）した。

「父、海釣りとかしょっちゅう行ってたのに、船ダメなの……？」

「お父さんは、陸専門なんだ……」

そのうち、兄までダウンしてしまい、父と並んで吐き始めた。

「うちの男どもは、か弱いね～」

と、能面は言い、兄の背をなでた。

やがて、雨が降り始め、一時間ほどで中止になった。

船長さんは申し訳なさそうに、次回の無料乗船券をくれた。

「まあ、明日には見られるでしょう」

と、母は明るく言った。船を降りると、まだ地面がグラグラ揺れているような錯覚がした。

ダウンした父と兄をホテルに残し、母とふたりで観光に行くことになった。

わたしたちは『ひめゆり平和祈念資料館』へと向かった。

「職業柄ね」と、母は言った。

第二次世界大戦末期、沖縄に米軍が上陸して地上戦となり、約二十万人の死者が出た。その際、沖縄師範学校女子部と、沖縄県立第一高等女学校からは、生徒二百二十二名、教師十八名が、『ひめゆり学徒隊』として沖縄陸軍病院に配属され、看護師を務めた。そして、そのうち百三十六名が戦場で命を落とすこととなった。

第一～第六展示室を順々に見ていくにつれ、この戦争がどんどん具体性を帯びていった。当たり前のことなのだけれど、死者たちにはちゃんと〝顔〟がある。それぞれの感情があり、人格があり、愛情がある。戦争がその顔を奪い、『へのへのもへじ』にしてしまうのだ。戦争の〝目〟が、彼らをそのように見るために……。

わたしは、ふと、悟る。

『へのへのもへ人』たちの目もきっと、そんなふうに他人を『へのへのもへじ』として見るのだろう。想像力の欠如のために。そして鏡写しのように、自分の顔も失うことになったのだ。

だからやっぱり、戦争は、誰の顔もしていない。

――母が、泣いていた。

薄暗闇と照明のやわらかいひだのなかで、しずかに、犠牲者の遺影と向き合いながら。

母と彼女たちとは、不思議な親密さの内にあった。それは死ぬことの親密さであり、生きることの親密さでもあった。看護師として働いた年月が、後者のあたたかい結びつきを生んでいるのだろう。震災の日に、病院で踏ん張ってなかなか帰ってこなかった母を思い出した。きっと〝職業〟とは、かくあるべきなのだろう、とわたしは思った。

夕飯には、近くの店で軽くソーキそばをすすった。父はまだ具合が悪そうで、あまり食べなかった。それから、父の『罰金箱』のお金で、デザートを食べた。わたしは少食なので、シークワーサーのシャーベット。しゃらしゃらと美しく、さっぱり甘酸っぱくて、とても美味しい。

「父、ありがとう」

にっこり笑ってお礼を言うと、

「ホ、ホ、ホ、これで明日からまた気持ち良く屁がこける」

と、調子に乗って、能面に背中を叩かれた。わたしと兄は笑った。

ふと、母があと一ヶ月でいなくなってしまうのが、信じられないような気持ちになった。それはきっと、父と兄も同じなのだろう。それはとつぜん砂浜に打ち上げられたクジラを思わせる。黒いこんもりとした山のようなクジラ。その存在があまりにものすごいので、人々はそれを前にして、腕組みをしたり、首をひねったりするしかない。

だから、この旅行はたぶん、一種のモラトリアムなのだ。

それから、ホテルに戻ると、大浴場へ行ってほっこりと湯に浸かった。浴衣に着替えて、和室の畳にのんべんだらりと寝転がる。やがて、兄が嬉しげに、カバンから何やら古びたビニールの塊みたいなものを出して、

「旅行の準備してたら見つけたんだけど、憶えてる?」

なんだこれ、と指でつまむようにして受け取って、ひろげてみた。

足入れのついている、子供用の浮き輪だった。

――あっ、〝犬神家〟、とわたしは思った。

むかし家族で海水浴に行ったときに、母がちょっと目を離した隙に、わたしがひっくり返って〝犬神家状態〟になり、ついには海中に消えていったという笑い話のやつ。わたしはひどく懐かしい気持ちにとらわれた。頭のなかを、何か記憶の片鱗みたいなものがよぎった。

わたしはその浮き輪を、大事にキャリーバッグにしまった。

兄はそれから、ボードゲームを次々に出した。

「沖縄にゲームて、あんた……」かつらを外した母は、しかし能面はつけたまま、寝仏のような格好で、呆れたように言った。「でも、まあ、たまにはいいわね」

わたしたちは複雑なルールを噛み砕いてなんとか母に呑み込ませ、それからまったりと遊んだ。遊びだすと楽しいもので、奥深さと道具の美しさに夢中になった。なるほど、兄が集めたくなるのもちょっとわかる。

仲良くきゃっきゃと遊びながら、わたしは思う。あんなに長く、うんざりするほど長く、一緒に暮らしてきたのに、どうしてこうやってボードゲームで遊ぶことが一度もなかったのだろう？　忙しかったから？　いったい、何に忙しかったというのだろう？　それほどまでに優先しなければならないことが、何かあっただろうか？

たっぷり遊んで満足すると、床に布団を敷いた。母は能面をつけたまま横になった。

わたしは久しぶりに、母と一緒に眠った。

9

那覇港に着くと、昨日よりも濃厚に海の匂いが漂っていた。

空は晴れ渡り、もう四月に入ったかのような陽気だった。

今日こそはクジラが見たい。母に見せてあげたい。船は、レーダーなどは積んでおらず、クジラの噴気を目視で探索している。わたしも頑張って探そう。船酔いしている場合ではない。しっかりと酔い止めを飲み、ほっぺをたたき、気合いを入れてから船に乗り込んだ。

すると、父が何やら茶色い球体をこちらに差し出してきた。

「ほれ、めだかも食べる?」

「何これ?」

「サーターアンダギー」父がパカッと割ると、なかは鮮やかな紫色だった。「なんと沖縄特産の紅芋バージョンなのだ」

嬉しそうに言って、モソモソ食べる。兄もモソモソ食べている。

「昨日、あんなに吐いたのに……」

わたしは呆れ果て、ちいさくバンザイした。お手上げである。

船長が無料乗船券を回収し「ちばって探します!」と、沖縄弁まじりに言い、赤銅みたいな肌に笑い皺をきざんだ。とても朗らかで、今日はきっと見つかるだろうという感じがした。

船は出港し、青い海のうえを進んでいった。鏡のような海だった。空の色をそのまま映したかのような。雲は低く、空と海のあいだにぽつぽつと浮いていた。進行方向にむかって、筋雲がいくつか、ゆるやかな弧を描いて引かれている。まるでクジラの尾っぽの跡みたいに。

——しかし、二時間経っても、クジラは一向にすがたを見せなかった。

焦りがつのってきた。けれど、焦っているのはわたしだけだった。他の面々は、クジラが見られなかったら、それはそれでまあしょうがないね、という感じなのだろう。母は手すりにもたれかかり、じいっと海のむこうを見つめている。能面のせいで、その表情はわからない。

　わたしはどうしても、母と一緒にクジラが見たかった。絶対に見たかったのだということに、いまさら気がついた。本当に、切ないくらい、泣きたいくらい見たかった。見られなければ、いろいろなことがダメになってしまうような気がした。

　わたしはしゃがみこみ、手すりの柱にしがみついた。

「どうした、娘よ、また船酔いか？」

　父がのほほんと訊いた。わたしが黙っていると、ぷぅ、とオナラをした。

「こりゃ失敬。芋のせいでどうも。ホ、ホ、ホ」

「……」

「……め、めだか？　どうした？　お腹でも痛いのか？」

「父……クジラが見たい……」

　父はぽかんと口を開け、サングラスをずらしてぱちぱちとまばたきした。

「むう……」と父はうなった。

　サングラスをかけ直し、ズボンに手のひらを擦りつけながら、海面をにらむ。やがて父は、ふう、と深く息を吐いた。右手の人差し指でどじょうひげを撫で、サングラスを上げながら眉間を揉み込んだ。それから、よし、と言った。

父は持ち込んできた細長いカバンを開けた。なかには、釣竿が入っていた。

「父……？」

「お父さんが、クジラ釣ったる」

それから、黙々と準備を始めた。リールを竿にセットして糸をガイドに通し、竿を伸ばす。

──クジラを釣る？　そんなアホな。

と思いつつ、わたしはぐっときて泣きそうになっていた。父だって無理は百も承知なのだ。ただ、娘が悲しいのをなんとかしたくて、ピエロのごとく踊りまくる覚悟なのだ。

「あれ、お父さん何やってるの？」

「父、クジラ釣ってくれるんだって」

母はいろいろと察したのか、首に手をあてて腕組みして、むう、となった。

「おお、いいじゃん、いいじゃん、頑張れ親父！」

兄はスマートフォンで動画を撮り始めた。父は糸の先に錘（おもり）をつけ終わったところだった。

「釣り名人、クジラの餌（えさ）には何を使うんですか？」

兄が記者っぽく訊（き）いた。父はサーターアンダギーを釣り糸に結びつけ、サングラスを光らせてハードボイルドに笑った。釣り針はナシ。そして、長年の経験で培った美しいフォームでキャスティングした。そして、父は言った。

「最高の釣り人は、その日、釣れるか釣れないか、あらかじめわかる」

ぞくっ、と首筋に鳥肌が立った。

――ぽん！

と、どこからか鼓の音が聞こえた。

ぽんぽんぽんぽんぽんぽぽぽぽぽぽぽぱぽぽ、ぽん！

ぐらり、と船がゆらいだ。

「出たっ――！」と、船長が叫んだ。

兄がすかさずドローンを飛ばした。映像が兄の手元のスマートフォンに送られてくる。視角のせいか、ひどく透明な海のうえに、船がミニチュアみたいに浮かんでいる――

巨大な影が、船の直下で動いた。あっ、と声をあげ、手すりから身を乗り出す。船ほどもある巨大な尾が、ゆらり、と海中にほの見えた。それは最初、青い絵具を溶かし込んだレジンのなかのフィギュアのように、美しく、非現実的に見えた。しかし、次の瞬間、鏡のような海が割れ、巨大な水柱が噴き上がり、しぶきが雨あられとあらゆるもの打ち当たって、冷感や濃厚な海の匂い、光のきらめきなんかが、ほとんど痛覚じみて鮮烈にたたきつけられて――

ぞぞぞぞっ、と全身に鳥肌が立った。

あ、やばい――

それしか考えられなかった。

言葉はどこかにすっ飛んでいってしまった。

ぬうううううっ――クジラがゆっくりと船を追い越してゆく。影と実体の境目で真っ黒なからだをグンネリひねり、霜が降りたように白いものが混じるお腹を見せつけながら――。

ザトウクジラだった。山が泳いでいた。

急にしずかになった。クジラは消え、船はいつの間にか停止していた。クジラが巨大すぎて、船が走っているんだかいないんだかわからなくなったのだった。まるで電車の窓からすぐ隣の電車を見たとき、どちらの電車が走っているのかわからなくなるみたいに。わたしたちは、ぽかんと口を開け、呆然となって、ただただ互いに顔を見合わせた。

あはは、とわたしは意味もなく笑った。

と、そのとき、グン――と、釣竿がたわんだ。父は引っ張られ、何やらジタバタしている。

「どしたの、父――？」

わたしは訊いた。しかし父は、返事もできず、短い必死の呼吸を繰り返し、

「クジラ」

「えっ？」

「クジラ……かかった！」

グルグルグルとリールを回し、釣竿を立てる。よくわからないけど格闘している。わたしと兄と能面は、『？』という感じ。――しかし、釣竿がグニニニニンッと、とんでもない力でたわめられるのを見て、息をのんだ。

クジラだ。本当にクジラがかかっている。

こうなるともう、感情の持って行き場がわからなくなる。うわーっとか、ぎゃーっとか、えええええーっ!?　とか口々に叫ぶばかりで、『お父さん頑張れー！』みたいなのはまったくない。父は父で、人生最大の獲物との闘いに没頭して無我夢中、『釣りキチ三平』が憑依したみたいに躍動、踏んばり、巻き、ひっぱり、跳ねまわる。

わたしは瞠目した。

父は、『翁』の面をつけていた。

翁が渾身の力で釣竿をひっぱった、次の瞬間――

船が消えた。――ような感じがした。船が消えて、身体がフワリと浮いたような。違った。船がグッと沈み込んだのだ。同時にザアッと凄まじい音を立てて海が割れ、目の前に、海中から山が飛び出してきた。

――クジラだ！

漫画でよく目玉が飛び出す表現があるけど、あれはぜんぜん誇張じゃない。もうほんとに、わたしはあんぐりと口を開けて、三十センチくらい目玉がポーンと飛び出していた。翁は宙に躍り上がって、

「ウッヒョ～～～～～～～～！」

ザバーン！　と、とんでもない水飛沫をあげて、クジラは海中に消えた。船は激しく揺れ、クジラとは反対方向へと押し流された。わたしはとっさに手すりにしがみついた。

揺れがおさまり、父が釣り糸を巻きとると、そこには錘だけがあり、サーターアンダギーはきれいになくなっていた。わたしたちはクジラがいたほうの手すりに集まり、海面をにらんだ。

クジラは……現れなかった。

まるでさっきまでの大騒ぎが嘘だったみたいに、うららかな陽のしたで、海は凪いでいた。

やがて、海の底から、ゆっくりと、ユラユラと、泡がのぼってきた。ほんのちいさく見えたのは一瞬のことで、たちまち、とんでもない大きさになって、ボコン、と海面で爆ぜた。

……？　首を捻っていると、とんでもなく強烈な刺激が鼻腔をついた。

「くっさ！！！」

船にいた全員がさけんだ。とんでもない悪臭だった。アンモニアのような刺激が容赦なく目と鼻を攻撃し、同時に、くさやをもっと悪くしたような臭いが次から次へと押し寄せてくる。

魚や、エビや、蟹（かに）や、その他のわけのわからないものがごちゃごちゃに、消化され、発酵し、腐ったような、地球の混沌を煮詰めたような臭いだった。

「屁（へ）だ！」と父がさけんだ。「芋を食って、クジラが屁をこいたんだ！」

船長があわてて船を発進させる。わたしは息を止めて、のたうちまわって苦しんだ。やがて、船は屁の雲から脱け出した。わたしはゲホゲホと咳（せき）をした。それから、笑いが止まらなくなった。他のみんなも笑っていた。お腹を抱（かか）えて、涙が出るくらいゲラゲラ笑った。息ができず、母と抱き合いながら、ずうっと笑いつづけた。

こうして、磯原（いそはら）家の最後の旅は、笑顔で終わった。

10

それから、母は、日に日に体調を崩していった。

11

兄の結婚式は、郡山（こおりやま）市内の式場で行われた。母のために急いだわりにそこそこの規模で、親族や会社関係者もやってきて、招待客は七十人ほどになった。兄と美代（みよ）ちゃんの同級生がたくさん出席していて、同窓会のような感じになっていた。もちろん、四バカトリオも勢揃い。

美代ちゃんはウェディングドレスが、ちょっと神々しいくらいだった。兄はスーツをびしっと着て、髪はオールバックにしている。寝癖がないと、一瞬、違う人みたいに見えた。

祝辞やケーキ入刀なども済み、歓談していると、新郎新婦がお色直しに出ていった。戻ってくると、ふたりは和装になっていた。兄は袴姿で、美代ちゃんは白無垢。頭には『角隠し』をかぶっている。たしか、お嫁さんが『鬼』にならないように、みたいな魔除けの意味が籠められていたはずだ。わたしは、店長や母が『般若』になったことを思った。

余興の段になると、四バカトリオの三人がステージに現れた。——と、同時に、爆笑が起こった。『ドリームガールズ』の仮装をしていたのである。お化粧もバッチリ。スパンコールドレスをキラキラさせながら、外連味たっぷりに歌って踊って、会場を大いに沸かせた。わたしも涙が出るくらい笑った。相変わらずアホだ。でもそんなアホがいてくれないと、世界はさびしくなってしまう。

やがて、スピーチの段となった。わたしはすっかりくつろいでいた。お腹はすぐにいっぱいになってしまったのだけれど、シャーベットが来たので、それだけ食べようとしていた。

「えー、お言葉をいただくのは——」司会が言った。「新郎の妹様の、磯原めだかさんです！」

パッ、とスポットライトがわたしに集中した。

……？？？

スピーチ……？？？

拍手が巻き起こる。わたしは目だけ動かした。兄はニヤリと笑っていた。やられたーっ！　こんなシーンでも悪戯（いたずら）するのかよ！　しかし、こうなっては逃げようもない。口を閉じ、スプーンを置き、わたしは登壇した。身長に合わせて、司会のお兄さんがスタンドを下げてくれる。

暗闇のなかで、みんながわたしの言葉を待ち構えている。

「あーっ……えーっ……」

声がかすれている。ごほんごほん、と喉（のど）の調子を整え時間を稼ぐ。

……大丈夫だ。自分に言い聞かせる。大丈夫。わたしにはできる。だって、あれだけ配信で喋（しゃべ）りまくってきたのだから。それだけの力がちゃんとついたのだから。兄にもそれがわかっている。だからこそ、こんな悪戯を仕掛けたのだ。わたしは深呼吸して、言う。

「えーっと、兄、美代ちゃん、まずは結婚、おめでとう。わたしがこんなにちいさいときからお世話になってきたふたりが結婚するということで、本当に嬉（うれ）しいです」

それから、『腎臓（じんぞう）のかたちをした漬物石』と『うんこ太郎の冒険』にまつわるエピソードを語った。面白おかしく、簡潔に。言葉はすらすらと、小川が流れるように澱（よど）みなく出てきた。

「兄にはそのように、きたないものを、きれいなものに変換する力があります。まるで腎臓が血液を濾過（ろか）するみたいに。復讐（ふくしゅう）とはこのように、優雅になされるべきものだと思います。大人にも難しいことを、兄は子供のときからできました。兄にはそれだけの、強さと優しさと、知恵があります。わたしを守ってくれたように、美代ちゃんのことも、これから守りつづけてくれるはずです。大好きなふたりの幸せがいつまでもつづくことを、願っています」

一礼すると、あたたかい拍手が起こった。兄のほうを見ると、めちゃくちゃ泣いていた。勝ったな、うしししし……とわたしは思いつつ、つられてちょっと泣きそうになる。あわてて、暗闇のなかへと逃げ込んだ。そこから進行していく式を眺めていると、さっき自分で言った言葉が、どこからか反響してくる。

復讐は優雅になされなければならない——

そして、退職したときのことを思い出した。目の前で鼓をポンポン叩かれて、わたしはカッとなってそれを奪い、めちゃくちゃな勢いで叩き返した。そして店長の能面が落ち、『へのへのもへじ』が現れた。それでスッとして、帰り道でちょっと浮いたりもしたのだけれど、いまになって思えば、あれはぜんぜん優雅じゃなかった。

では、わたしはどうするべきだったのだろう？　どう振る舞えば、優雅だったのだろう——？

父と母と、長谷川家両親がステージに上がる。

新郎新婦が、親への手紙を読み上げる。

美代ちゃんは読みながら泣いてしまったのだけれど、兄はもっと泣いた。

母も、能面のしたで泣いていた。

——結婚式が終わると、わたしは蒼(あおい)くんに人気(ひとけ)のないところまで連れ出された。

蒼くんはスーツと蝶(ちょう)ネクタイがよく似合っていて、王子様っぽかった。

「めだかちゃん……」蒼くんは真剣な顔で言った。「式のあいだ、ずっと悩んでたんだけど、やっぱり、何回フラレても、めだかちゃん以外の人との将来、考えられない。本当に、めだかちゃんじゃないとダメなんだと思う。だからぼくと……ぼくと……結婚してください！」

蒼くんはガバッと頭を下げて、右手をまっすぐ差し出した。頭が追いつかず、『けっこん』という言葉が蛍(ほたる)みたいにフワフワして、なかなか捕まえられなかった。

けっこん……結婚!?　付き合ってないのにいきなり!?

一言も発せないまま、あたふたしつつ、迷っている自分がいた。正直、ちょっと効いた。『付き合ってください』よりも『結婚してください』のほうが効くことがあるのだ、人生には。

「……ちょっと、考えさせてください」

12

三月なかばをちょっと過ぎたころ、わたしはバスタブのなかで目覚めた。真夜中だった。

ふと、手をやると、胸にも、うなじにも、穴は空いていなかった。そんなもの最初から空いていなかったような気さえした。ふしぎな感じだった。

しかし、パジャマの隙間から手を入れてみると、変につるつるとしている。

わたしは海中電灯を手にしてバスタブを出た。そして、鏡の前に立ち、パジャマのボタンを外して、それを点けた。その名の通り、海中のような青い光が、わたしの胸を照らした。

そこには、まあるいガラス窓が嵌まっていた。まるで水族館の丸窓のように。

そのなかには、ミニチュアのような美しい海があった。起伏に富んだ岩場があり、色とりどりの珊瑚礁があり、魚たちの豊かな王国があった。

雲霞のような魚たちの群れがすいーっと流れて、一匹のザトウクジラがすがたを現した。

わたしは、ほうっと息を吐いた。クジラは美しかった。沖縄で見たあのクジラだった。わたしたちはクジラを釣りあげて、ちゃんと連れて帰ってきたのだ。しばらく見惚れていると、言いようのない満足感が湧きあがってきた。

わたしは目を閉じて、自分の胸の奥に意識を集中する——

13 クジラの歌が聴こえる。

ぱちり、と目を開いた。まぶしい光が差していた。

防音室を下ろして寝たはずなのに、上がった状態になっていた。

胸にふれると、そこにガラス窓はなかった。いたって普通。あれは夢だったのだろうか？

きっと夢だったのだろう。そもそも、海中電灯なんてないのだ。懐中電灯ならあるけれども。

わたしは立ち上がり、曇りガラスを透けてくる朝日にむかって、伸びをした。

そして、悟った。

バスタブから出るときが来たのだ。


わたしは浴室を改造するときと同じく、音楽をかけた。『アップ・オン・ザ・ルーフ』。あのときと同じ曲なのに、ぜんぜん違って聴こえる。より美しく。より軽やかに――

まず、浴室に転がっているガラクタをぜんぶ、自分の部屋に移した。まだ研究途中のものもあるし、使用しているものもある。アイディアが吹き飛ばないように、なるべく物同士の位置関係をそのままにするように努めた。

それが済むと、装飾を取っ払っていった。はしごにのぼってステンドグラスの飾りを外し、人工蔦（つた）をとり払い、ステッカーを剥（は）がす。化粧品などの小物類はバッグに詰める。観葉植物はベランダへ。カーテンも取る。青いポピーの絵は壁から外して、部屋の机に立てかける。

そして、防音室の撤去に取り掛かる。ＡＳＭＲ道具を持ち出し、コード類や排気ダクトをぜんぶ抜いて、モニターやキーボード等を取り外す。防音室本体を、吊っているヒモから外し、せまい入り口で苦労しながら、なんとか引っ張り出す。仕上げに、冷房装置とＰＣ本体を突っ張り棒の棚から降ろし、突っ張り棒や滑車装置を撤去した。

あとは、布団と羊のぬいぐるみだけだ。すこし、休憩を入れることにした。バスタブのなかで、深呼吸をする。お風呂場はとても広くなった。がらんとしているくらいに。この十ヶ月間のバスタブ暮らし、なんだかんだ、とても楽しかったな、と思った。

それからすべてをすっかり片付けてしまって、お風呂掃除をする。感謝をこめてしっかりと磨く。焼け跡がけっこう残っていて、こすっても完全には落ちないけれど、できるだけ頑張る。シャワーで洗剤をきれいに落として、わたしの退去作業はすべて完了した。

――お世話になりました。

わたしは手を合わせて、バスタブの神様的なものに感謝の祈りをささげた。

14

作業完了の報告をしに、和室へと行く。

「あら、ご苦労さま」

介護用ベッドのうえで、母が言った。能面が薄暗がりのなか、ぼうっと白い。布団のうえに、障子を透けた淡いひかりと、格子状の影がななめに落ちていた。

「もう、平気なの？」

「うん、もう、大丈夫」

わたしはベッド横の椅子(いす)に腰をおろした。母は急激に体重を落として、背中が頼りなげに丸まり、首に老婆のようなしわができていた。皮膚は黄疸(おうだん)のせいで、黄色くなっている。

介護ベッドはレンタルだった。麻薬で疼痛(とうつう)管理はしているものの、腰痛のせいで寝返りがうまく打てないため、電動リクライニング機能がついたものを急遽(きゅうきょ)用意したのだった。

「お昼、何食べたい？」

「あんまり食欲ないね」と、母は言った。

このところずっとこんな調子だ。わたしはりんごの皮をむいた。ひときれ手渡すと、母はいただきますと言い、能面をほんのすこし上げて、かじった。色の悪い唇(くちびる)がぎこちなく濡(ぬ)れた。

「美味(おい)しいねぇ」と本当に美味しそうに言った。「でも、もう、ごちそうさま」

わたしは残りの六分の五を、ゆっくりと食べた。それだけでお腹はいっぱいになった。

それから、母の横に座って、のんびりと話をした。くだらない話だった。それでもわたしは、このうえない切なさとともに、何か大事なことを、刻一刻と学びつつあった。その立ちのぼる体臭から。痩(や)せてできたしわの陰影から。手の甲に落ちるひかりのうつろいから……。

母は星に似ていた。遥か宇宙の彼方で滅びゆく星の光に。わたしは真っ暗な海原で遭難するボートのうえから、それを眺め、かろうじて自分の居場所を知るのだった。

母はぽつぽつと、意外な言葉を口にした。そしてわたしは、母の新しい顔を知る。あれだけずうっと一緒に暮らしてきて、もうお別れなのに、まだまだ知らないことがたくさんある。誰かに顔を与えるというのは、時間のかかる、忍耐のいることなのだ。能面師が一枚の能面をつくるとき、その表と裏を丹念に、数ヶ月をかけて彫り上げるのと同じに。

夢のなかで『翁』の発した〝音〟が、別の〝字〟となってよみがえる。

ゆっくり生きなさい。
慎重に生きなさい。
正しいものを持ちかえりなさい。

15

わたしは母と一緒に、お風呂に入ることにした。背中に手を回すと辛いというので、ブラジャーを脱ぐのを手伝った。母は胸に貼っていたフェンタニルテープを剥がして捨てた。

まずは能面が、髪と体を洗った。わたしはあらためて、その肉体と向き合った。本当に、ひどく痩(や)せて、落ちてはいけないものまで落ちてしまっているのが、ありありとわかる。余って垂れ下がった皮膚のうえに、手術痕(あと)が皮袋の縫い目のように生々しく残っている。乳がんで切除・再建した右の乳房、肺を摘出した右脇(わき)、子宮を摘出したお腹、そして、わたしが産まれてきた帝王切開の痕……。それはたしかに、何かと戦ってきた人の肉体だった。

わたしはその広い背中をスポンジで擦りながら、クジラのことを考えていた。

海の底に沈む、クジラの骨のことを。

クジラの落下(whale fall)という言葉がある。

クジラは死後、ゆっくりと海底へと落下していって、鯨骨生物群集と呼ばれる生態系をかたち作る。そのなかで、何年もかけて肉を削ぎ落とされ、骨のなかの脂肪を吸い尽くされる。何十年もかけて、細菌によって骨が分解される。それが毎年、何万頭という規模で起こる。

母の背中には、何かしら、そういった長大な時間を思わせるものがあった。

交替して、今度は母が、わたしの髪を嬉(うれ)しそうに洗った。

「小さい頭だこと」

「大きい手だこと」

母はガハハハと笑った。すこし力ないけれど、笑いかたは変わっていなかった。

「ほんとに細いねェ、もっと食べなさい」

「すぐお腹いっぱいになるんだもの……」

何千回と繰り返してきた会話を飽きずにまたした。

それからわたしたちは、湯船に浸かった。わたしは母が痩せてできた隙間に、左腕を枕にするようなかたちで、すっぽりと収まった。ほうっと息を吐いて、ふたりでほがらかに笑った。

いくつか雑談を交わしたあと、将来の話になった。

「わたし、VTuber事務所に所属しようと思う」

それから、VTuberとは何か、事務所に所属するとはどういうことか、ちゃんと説明した。能面は黙って聞いていた。そして、わたしが話し終えると、ただ一言、

「反対しないの?」

「めだかの好きにしなさい」

「めだかの人生は、めだかのものだって、ようやくわかったの。だからもう、反対しないよ」

わたしは嬉しいような、さびしいような気持ちになって、涙が出そうになった。それからまたゆるゆると会話しているうちに、とても眠くなってきた。母のやわらかい左の乳房を枕にして、心臓の音を聴きながら。それから母は、わたしが生まれたときの話をした。

「めだか、息をしてなくて。お母さん、すごく焦ってね、もうダメかと思ったんだよ。本当に、どうにかして、どうしても助けたくて、たぶん幻覚のなかで、お腹ひらいたまま起き上がって、めだかのお尻をたたいたんだよ」

それは、本当にあったことなのだとわたしは思う。母は危険な場所に行き、命懸けでわたし

を助けてくれたのだ。わたしはそこにいた。母は左手でわたしの肩をやさしくさすり、言う。

「めだかが息をしてくれたとき、お母さん、本当に嬉しかったぁ……。想像するだけで、泣きそうになるよ。めだかがいてくれなかったら、どんなにさびしい人生だっただろうって」

「うん……」

わたしはまどろみながら、すこし泣いた。それから母は、わたしがいちばん欲しかった言葉をくれた。わたしはそれを夢のなかで忘れてしまった。しかし、その言葉が持っていたあたたかな感触は、胸の奥底に残った。

わたしは幸せのなかで、とても安心して眠った。

16

母はついに、すこしも起きあがれなくなった。わたしは和室に布団を敷いて眠るようになり、つきっきりで世話をした。体を拭き、おむつを交換した。

母は寝ている時間がどんどん長くなっていった。ときどき起きてもまだ、夢を見ていた。とても遠いところを見ながら、ぽつりぽつりと何事かを言った。ガラスのように割れた歌のひとかけらを、ひとつひとつ、拾いあげるような調子で。真夜中に切ない声でわたしを呼んだ。

「めだか、息が苦しい……背中が痛い……痛いよ……」

わたしはその背中をなでた。かつて、くるしい背中を、母が優しくなでてくれたみたいに。母はもう片方の手にぎゅっとしがみついた。脈は弱く、手は氷のように冷たかった。

「大丈夫だよ」とわたしは言った。「大丈夫、大丈夫……」

そうしていると、だんだん落ち着いてきて、やがて不自然ないびきを立てて、眠った。

わたしは母が、悲しい夢を見ていないように祈った。

やがて、父と兄も、仕事を休んで、そばにいるようになった。

「希望通り、営業に配属になったよ。稼いで家のローンもちゃんと返すから、安心して」

郵便局員の父は、かつてそこに所属していたことがあり、営業成績はかなり良かったらしい。保険を売って、ついでにご飯などもご馳走になって帰ってくる。さすがはぬらりひょん。

「あんた、美代(みよ)ちゃん大事にしなさいよ。あんな良いお嫁さんいないわよ」

能面は兄へ何度も言い、兄は「わかってる、わかってる」と返事した。母はまだ元気なうちに、親族や長谷川(はせがわ)家とのお別れを済ましていた。美代ちゃんには、「いさきをよろしくね」と一度だけ言った。美代ちゃんは涙を浮かべながら、「はい」と言った。

お医者さんや薬剤師さん、ヘルパーさんがやってきて、最期をサポートしてくれた。

母はゆっくりと死臭を放ちはじめた。それは母の故郷のにおい——海のにおいに似ていた。

わたしはそのなかに、微妙な桃の香りを嗅(か)ぎわけた。あまりに微妙なので、それが本当なのか、幻覚なのかわからなかった。潮の香りに包まれて、家族は奇妙におだやかだった。午睡から醒(さ)

めた直後のような、弛緩（しかん）した時間がずうっとつづいた。

　母はある日、わたしの実況動画を観（み）たいと言った。わたしはスマートフォンで動画を再生した。母は興味深そうにじいっと観ていたのだけれど、やがて、ガハハハ、と笑いだした。それで十分ほどのものを三つ、つづけざまに観て、

「面白いじゃないの。この子、かわいいね」

と黒杜（くろもり）いばらを指して言った。まるで、孫を見るような感じだった。

　——それから数日が経（た）ち、いよいよ母は弱っていった。ひどい痛みを訴え、睡眠がぱったりとなくなった。麻薬も効かなかった。もはや痛みは幻覚なのではないかとすら思われた。

　母は寝床を移した。襖（ふすま）で区切ってある、二間続きの和室へ。そこには仏壇が置いてあり、母の両親の遺影が長押（なげし）のうえに飾ってあった。

「めだか……」母がかすれた声で言った。木のうろを風が通り抜けるような声だった。「あれ……聴かせて。めだかが……一生懸命やってる……」

　わたしはうなずいて、ガラクタを和室に運び込んだ。ＰＣを電源につなぎ、モニターや周辺機器と接続する。ヘッドホンを母につけてあげる。

　わたしは殺人鬼ウニ子百（ＫＵＯＯ）人殺しを前に、正座した。

「母、聴こえる……？」

　ウニ子の耳元にむかってささやくように言うと、能面はうなずいた。

「じゃあ、始めるね……」

わたしは父と兄を見た。ふたりは布団の横に正座して、静かに見守っていた。

櫛(くし)を使って、ウニ子の髪の毛をゆっくりと梳かす。しゅううっ……しゅううっ……と、愛情をこめて、自分の娘にするみたいに。

「気持ちいいね……」母はため息をつくように言った。「髪がまた……生えたみたい……」

それから、ヘッドスパみたいに、ウニ子をマッサージする。シリコン製の耳を揉みこむ。わたしのイヤホンにも、母が聴いているのと同じ音が流れている。じゅわーっ、と耳があたたかくなるような、気持ちのいい音が鳴っている。

「次は、耳かきするね……」

わたしはウニ子をひざまくらした。梵天(ぼんてん)をつかって、耳のかたちをゆっくりとなぞる。首筋がぞくぞくするような音。耳の穴の浅いところをくすぐる。次第に奥のほうへ――

「くすぐったいねえ……。そういえば、めだかに耳かきしてもらうの……初めてだね……」

母は、すこしずつ、眠たくなってきているようだった。

夢うつつのあいだに、ゆっくりと、やわらかく落ちていく。

そのとき、わたしの脳裏に、沖縄の青い海がひろがった。

あんなふうに、あたたかくて美しい眠りのなかに、母が入っていけたらいい。

わたしは炭酸水をコップに注いだ。しゅわしゅわという泡の音。

フラスコに閉じた水をこぽこぽと鳴らす。

ウニ子の耳を圧迫し、水中にいるかのような、こもった音を出す——

しばらくそれをゆったりとつづけて、間(ま)を取った。それから、変化をつけ始める。

太宰治(だざいおさむ)の『人間失格』で言葉を〝喜劇名詞〟と〝悲劇名詞〟に分けて遊ぶシーンがあるけれど、音にも〝喜劇音〟と〝悲劇音〟がある。

レインスティックをしゃらしゃらと鳴らす。

美しく優しい〝悲劇音〟が、海をたたく。

すうっ——と、母の呼吸が深くなる。

わたしは呼吸を合わせる。

そして、共感する。

ペトリコールのような、淡く青い煙のような、懐かしい匂(にお)いを錯覚する。

〝悲劇音〟がこんなふうに、人を癒やすという事実に、わたしは感動する。とても深く。

わたしは木片をふたつ手に取る。紙やすりで繊細に調節した木片。それをしゅうっとこすり合わせる。たまらなく気持ちのいい音が鳴る。木がもともと持っている朗らかさをそのまま奏でたような、〝喜劇音〟。

いまやわたしには、鳴らすべき音が手に取るようにわかった。畳のうえに散らばったガラクタたちが、まるで星座のように線で結ばれて浮かび上がっている。

もう一度、しゅうっ、と木片をこすり合わせる。

ふたつの木片が互いを呼び求めているのを感じる。

物質と物質のあいだには愛がある。星と星とのあいだに愛があるように。

わたしはそれを鳴らす。詩を詠むように。歌をうたうように――

「めだか……」能面がしずかに言う。「ありがとう……」

わたしはちいさく首を振り、心のなかで言う。


こちらこそありがとう、お母さん。


わたしはウニ子を抱きしめる。

どくん……どくん……と心臓の音が聴こえる。ふしぎなくらい落ち着く音。

過呼吸でくるしいとき、いつも母にしがみついて心臓の音を聴かせてもらった。それを今度は、わたしが聴かせてあげる。

わたしの胸にはいま、クジラが住んでいるはずだ。

パソコンでクジラの歌声を再生する。

暗い海のなかでクジラたちが互いを呼び求める声――。

懐かしいような、切ないような、優しいような、不思議なひびき。

どくん……どくん……。わたしの心臓は遅い。一分間に五十回しか打たない。
だからこそこんなに、落ち着く音がする。
誰かを眠らせてあげることができる。
こんなにも、クジラの歌とひびき合う――
ちいさく生まれて、店長の〝鼓〟のせいで仕事を辞めて、
でも、そのおかげで、いまの〝鼓動〟がある。

『復讐(ふくしゅう)は優雅になされなくてはならない』――

わたしは気がつく。

この心臓の音が、わたしの優雅な復讐だ。

すうっ――と、母の寝息が聞こえた。とても安らかな寝息だった。まるで凪の海を渡るかもめの羽音のように。かもめはゆっくりとはばたき、気持ちよさそうにくるりと円を描くと、やがて、遠くに飛んでいった。
しん――とした和室で、わたしは手を伸ばした。指先がふるえ、しびれていた。

能面を、ゆっくりと、取った。

母は、このうえなく優しい顔をして、眠っていた。

わたしはふしぎに涙を流さなかった。温かい気持ちが、胸の底からこんこんと、とめどなく湧きあがってきた。わたしは微笑(ほほえ)んでいた。母の顔を鏡に映したような、おだやかな顔で。

終章

1

わたしはきっと、泣かなければならない。母のいなくなった世界で、ちゃんと息をして、生きていくために。

けれどあまりにも母がおだやかに亡くなったものだから、そのタイミングを逸していた。わたしの心はまだ、母によって守られていた。

母は、火葬されようとしていた。

きれいな着物をかけられ、花に埋もれている。あのときと同じまま、優しく微笑していた。こんなにきれいな母が、灰になってしまうんだ……と思うと、切なくて涙がこみあげてきた。

「それでは、最後のお別れをしてください」

そのとき、どこかに行っていた父が、大慌てで戻ってきて棺にすがりつき、「くじらさん！」と声をかけた。父は釣り人の格好をしていた。つば帽子をかぶり、フィッシングベストを着ていた。それになんの意味があるのか、他の誰にもわからなかった。たぶん父と母のあいだにだけ通じる何かがあったのだろう。そこには強く心を打つ何かがあって、みんな泣いた。

けれどわたしだけ、うまく泣けなかった。その直前に、ふしぎなことがあったせいだった。

母の棺を覗いたわたしは――驚いた。

そこに横たわっていたのは、母ではなくて、わたしだった。真っ白な顔をして、花に埋もれ、眠り姫のように横たわっていた。それは、〝二十歳で死んだわたし〟だった。

あぜんとしているところに、釣り人の格好をした父が戻ってきたのである。視線を戻すと、次の瞬間には、わたしは消えて母に戻っていた。

母は、火葬炉へと入っていった。

わたしは火葬場の外へと出た。

よく晴れて、美しい春の陽が、新緑をじんわりとあたためていた。身体が軽かった。ずっと背負いつづけてきた重荷を下ろしたみたいに。きっと、ずっと重たかったのは〝二十歳で死んだわたし〟だ。母はそれを、一緒に連れていってくれたのだ。

火葬場の煙突から、ひとすじの白い煙が、春空へとのぼってゆく。母の故郷の空へと。

〝クジラの落下〟――

クジラは海の底へとゆっくりと落ちていき、すべてを与え、命を循環させる。

母はゆっくりと、空へ落ちていった。何かを、永遠に豊かにしながら……。

その日、わたしは蒼くんとのことにも決着をつける。

わたしはずっと考えつづけた。わたしの人生に結婚は必要だろうか？

眠り姫は王子様が来るまで百年眠りつづけ、井筒の女は在原業平を思い亡霊となって待ち続け、サザエさんの初期連載はサザエさんの嫁入りで幕を閉じる。いろいろな物語が、恋愛は素晴らしいと伝えてくる。社会も『少子高齢化をなんとかしてね』と訴えている。わたしはそれらとどう向き合うべきだろうか？

夕暮れだった。蒼くんを近所の公園に呼び出した。あたりに人の気配はまったくなかった。

蒼くんはソワソワしていたのだけれど、わたしの顔を見て察し、気まずそうに頬をかいた。

「あっ……そっか……やっぱ、ダメか……」

「うん……ごめんね……」

沈黙があった。わたしは言う。

「蒼くんに悪いところは一個もないの。蒼くんはカッコいいし、浮気もしないだろうし、家族のために働いてくれるだろうし、ちゃんと幸せにしてくれると思う。本当に、結婚相手としては理想的だと思う。わたし自身も、蒼くんのこと好きだと思う。ずっと一緒に過ごしてきて、本当の家族だと思ってるし、たぶん愛してもいる。……でも、やっぱり、わたしは結婚に向いてない。無理して結婚しても、何かを致命的に損なう気がする。たぶん、わたしがわたしらしく生きるということに、結婚は初めから含まれていないんだと思う。どうしようもなく」

「そっかぁ……」蒼くんはうつむいて、唇を噛んだ。「なんていうか、わかってた。でも、認めたくなかったんだよね。本当に、好きだから……」

「……うん……ごめんね……」

「ううん、こっちこそごめんね……。ありがとう、真剣に考えてくれて……。もう、二度と、告白したりはしないから、安心して……」

蒼くんは右手を差し出した。握手をしてバイバイ、これからも友達としてよろしくね、というやつだ。わたしはその手を握った。そのとき、泉の表面をさあっとにわか雨が通るみたいに、蒼くんの顔にめくるめく変化が起きた。蒼くんは唇をふるわせて、ぽろぽろと泣き始めた。

「ごめん……」蒼くんは言った。「なんか、変な気持ち……。すっごい悲しいんだけど……すっごい嬉(うれ)しいんだよね……」

そして蒼くんは、その場にしゃがみこんで泣いた。わたしはその手を握ったままだった。手を通して、蒼くんの体温と、優しい鼓動が伝わってきた。視線の先で、夕陽が沈みつつあった。永遠のように長い夕暮れだった。

わたしは蒼くんが泣きやむまで、ずっとそばにいた。

蒼くんが初めてプロポーズしてくれた、幼い日のように。

2

わたしはうまく泣けないまま、母の葬儀などがひととおり済むと、VTuber活動を再開した。

兄がドローンで空撮していた『クジラ釣り』の映像があまりにも見事だったので、黒杜いばらのパパがクジラを釣ったということで、公開することになった。サーターアンダギーでクジラを釣りあげるどじょうひげ&グラサンのオジサン。面白すぎる。動画は当たり前のようにバズり、世界規模で拡散された。

オーストリアの浮世絵師（！）がいたく気に入ったらしく、浮世絵を描いて送ってくれた。歌川国芳の《宮本武蔵の鯨退治》のパロディで、巨鯨の背中に父がまたがって歌舞伎みたいなポーズをとっている。横には筆文字で、『さあたあ　あんだぎい』。クールだ。同封されていた手紙には『いばらちゃんダイスキ♡』と書かれていた。

近頃は海外の視聴者が爆発的に増えて、わたしは英語の勉強を始めていた。勉強しなきゃいけないことは山ほどある。将来に備えて、つみたてNISAとiDeCoも始めた。事務所にも所属が決まって、まひろちゃんや頼りない社長や、クセ者揃いの先輩たちと面白おかしく仕事を始めたのだけれど、それはまた別のお話――

わたしは今日も今日とて、『黒杜いばら』を演じる。

相談コーナーが人気になって、大した人生経験もないのに、毎回やるハメになってしまった。

『わたしには夢があるのですが、かなり厳しい道なので、進むべきか悩んでいます』

抽象的な相談に、わたしは抽象的なアドバイスを返す。

「振り回されないことが大事なんじゃないかな？　運命の糸を紡いでる糸車をイメージしてみ

て――。まかり間違って乗っかっちゃったりすると、視界がぐるんぐるんなって、人生を見失うことになる。最初は進んでるように思えても、結局は堂々巡りで、最後には弾き飛ばされる。だから、どうであれ、自分が糸車を回す側にいることが大事だと思う。腰を据えて、じっくりと時間をかけて、自分の糸を紡いでいってね」

磯原めだかのままでは出てこない言葉が、黒杜いばらの口からはスルスルと出てくる。いばらは質問者にだけではなくて、わたし自身にも知恵をくれる。

黒杜いばらが、わたしを成長させてくれたのだ。かつてシルバニアファミリーが、子供のわたしの心を育ててくれたみたいに。考えてみれば、『カードキャプターさくら』も、『老人と海』も、『マインクラフト』も……あらゆるものが、わたしを成長させ、想像力をくれたのだった。

夜になり、みんなを眠らせるためにASMRをやっていると、わたしは〝運命の糸車〟をちゃんと自分で回しているのを感じる。わたしの指先から目に見えない力のようなものが生まれて、視聴者のほうへと流れていく。そしてきっと、その糸はずうっとつづいていく。どこまでも。どこが始まりかもわからないくらいに。

たくさんの人からお礼のメッセージが届いて、彼らがいろいろな事情で眠れなくなっていることを知っていた。ほんとうに、わたしまで辛くなってしまうような境遇の人もたくさんいる。当たり前のように。当たり前に。みんな、それぞれの漬物石を、しずかに抱え込んでいる。

わたしの胸のなかに、彼らの顔が浮かびあがる。傷ついた、優しい人たちの顔が。

大丈夫だよ、とわたしは音で伝える。

だいじょうぶ。
時間はあなたを愛している。
眠りはあなたを守り、育てる。
いつかあなたが大丈夫になる日が必ずくる。

だからいまは、ゆっくり、おやすみ——

わたしは目を閉じ、呼吸を整えて、ウニ子をだきしめる。
どくん……どくん……。
わたしの心臓は、今日もゆっくり、鳴っている。

3

ある日、早苗(さなえ)ちゃんから連絡があった。やけに爽快(そうかい)な声で、電話口にビュウビュウと風が吹きつけていた。

『仕事ォ！　辞めたわァ！』ビュォォオ！

「えっ、まじ？　てか風つよ」

『この前さァ！　いばらちゃんに〝わたしには夢があるのですが〟って相――』ビュォォオ！

『たのわたしだったンだわァ！』ビュアアアア！

「山頂？　山頂とかにいるの？」

聞けば、仕事の全容が見えてくるにつれ、自分のやっていることが、いわゆる『中抜き』――中間搾取でしかないということに気がついたらしい。頑張れば頑張るほど下請けの人たちの給料は下がり、かといって自分の給料が上がるわけでもない。意味がわからない。それで思い切って仕事を辞め、夢を追うことにした。

『この前、ごめんね。わたし――』ビュォォォ……。『本当はアイドルになりたくて、アイドルっぽいことしてるめだかに嫉妬して、いじわるなこと言っちゃったんだ！』ビュアアアア！

……うん、それは、めちゃくちゃ知ってた。意を決しての、劇的な風が吹いているなかでの告白だけれども、めちゃくちゃ知ってた。

「えっ、てことは、アイドル目指すの？」

『いや、声優目指す！』ビャアアアア！

「えっ？」

『いまからアイドルはキツイっしょ！　わたしは声優になって、アニオタからチヤホヤされるんじゃあああああ！　うわああああああっ！』ビャビャビャビャビャッビャアアアアアッ！

電話は切れた。

……どこに居るんだよ、ほんとに。

そんなこんなで、母が亡くなってから、あっという間に三ヶ月が経った。

美代ちゃんは磯原家のほうに住むようになり、母の不在をカバーしてくれた。わたしは大好きなお姉ちゃんと暮らせてひたすら満足であった。美代ちゃんの人徳の成せるワザか、うちの男どもは『これじゃイカン！』とばかりに、進んで家事を手伝うようになった。父などは、恥ずかしくて居間で屁をこけなくなり、わざわざトイレに行って、ぷすーっと申し訳なさげな音を鳴らすようになった。料理のほうも勉強し始め、普通にやればいいのに、なぜか謎のスパイスを買い揃えたりしているので、前途多難である。

美代ちゃんのお腹には、すでに赤ちゃんがいた。最初にわかったとき、自分で思っていたよりも十倍くらい嬉しくて、思わずぎゃーっとさけんでしまった。

赤ちゃん!?

兄と美代ちゃんの!?

そんなのとんでもなくめんこい（※東北の方言で『かわいい』の意）に決まっている。わたしがぱちぱちと手を鳴らすと、にっこり笑っていっしょうけんめいハイハイしてきてくれるのだ（妄想）。じつにめんこい。

わたしは美代ちゃんのお腹にむかって言う。

「はやく会いたいけど、焦っちゃダメだよ。五千グラムくらいになってから生まれておいで」

「めだかちゃん、五千グラムはわたしが大変だよ」

「あっ、そっか」

わたしと美代ちゃんはのほほんと笑った。平和である。こっちはきっと楽しいよ、と心のなかで赤ちゃんに語りかける。四バカトリオっていう、面白いお兄さんたちがいるんだよ。そのなかの、ブーっていうふとっちょお兄さんは、きみが可愛すぎて、きっと母乳が出てしまうと思う。――想像すると、笑ってしまった。

「大きくなったら、みんなでボードゲームをしようね」

4

ところで、母がつけていた能面は、いつの間にか消えてしまった。沖縄旅行の写真を見直しても、そこに能面はなく、笑顔の母が写っているばかりだった。なんだか、あれは夢だったような気がした。現実と入り混じった夢から、わたしは醒めつつあるのだ。

ある日、仏壇のある和室に、『翁(おきな)』の能面がかかっていることに、気がついた。不気味なので、幼い頃から目に入らないようにして、そのうち存在を忘れてしまっていたのだ。

『これは、神さまなんだよ』——

と、かつて母が、拝んでいたことを思い出した。わたしもまた、手を合わせた。

ふと、絵を描(か)きたくなり、去年の夏の終わりに描きかけだった青空を完成させることにした。キャンバスを浴室に立て、窓を開ける。初夏の涼しい風が吹き込んでくる。わたしは靴下を脱いで、ひんやりした感触を足裏で楽しみながら、絵のつづきに取りかかった。

軽やかな気持ちだった。お腹に腎臓(じんぞう)のかたちをした漬物石がワープしてきていたけれど、ふしぎと以前よりも重く感じなくなっていた。かといって軽すぎるわけでもなく、ちょうどいい塩梅(あんばい)だ。漬物石だけに。

わたしの脳裏に浮かんだのは、仕事を辞めた日、ママチャリでふわりと飛んだときに視線の先にあった雲だった。窓のむこうにも、ポツリと白い雲が浮かんでいた。だから、それを描くことにした。

白い絵具を油で溶き、キャンバスのうえに重ねていく——

雲が立体的になり、存在感を増していくと、ふいに、母のことが思い浮かんだ。

〝クジラの落下〟——

わたしはふっと笑い、心のおもむくままに、絵筆を走らせた。

「……よし」

わたしは絵筆を置いた。

雲は、クジラのすがたになっていた。

キャンバスをそのままに、ダイニングへ行くと、もうお昼だった。家にはわたししかいない。

わたしは食パンをポップアップトースターに入れ、タイマーをセットする。

一分間――

絵を完成させた満足感に浸りながら、ダイニングの椅子(いす)にだらーっと腰掛ける。網戸から、気持ちのいい風がゆるやかに吹いてくる。アーチスタイルの白いカーテンがゆったりと揺れ、裾の美しいレース飾りが梔子(くちなし)の花にさわさわと擦れ、かすかに甘い香りを漂わせている。

やわらかい陽(ひ)が、わたしの首筋を優しくあたためる。

そのとき。

ふいに、足の指先から、さあっとくすぐったいような感覚が、すねのほうにのぼってきた。

それを追うように、あたたかい海がせり上がり、わたしを浸してゆく――

うしししし……！

幼い日のわたしは、かくれんぼをしている。

見つかるか、見つからないか、スリルを楽しんでいる。

うしししし……！

でも、なかなか見つけてもらえなくて、だんだんと不安になってくる。

このままずっと、見つけてもらえなかったら、どうしよう――？

途端に、バスタブのなかの暗闇が、ちいさな黒い海になる。海はわたしを呑み込んで、すっかり失くしてしまう。

――そうだ、思い出した。わたしは実際に、海に呑み込まれたのだ。

家族で薄磯海水浴場に行ったとき、足入れタイプの浮き輪でぷかぷか浮かんでいたら、母が一瞬目を離した隙に、〝犬神家〟状態になった。そのときわたしは、するりと浮き輪から抜けて、海のなかへと落ちていった。

わたしは心のなかで母を呼んだ。強く。とても強く。

助けて……！　お母さん……！　わたしを見つけて……！


からからからっ、とお風呂の蓋が開いて、兄がニヤリと笑った。

『見ーつけたっ！』

そして、わたしの手をとって、バスタブから引っ張りだしてくれた。


母もまた、ちゃんとわたしを見つけてくれた。

大きな魚みたいに、一直線に美しく潜って、わたしの手を掴んで、海面まで引っ張ってくれた。わたしは海から顔を出し、母に抱かれながら、うまく息ができなかった。そんなわたしの首筋に、母はあたたかい海水をなんどもかけ、優しくなでながら言った。

『大丈夫、大丈夫よ……』

それからわたしは、大声をあげて泣いた。怖かったり、悲しかったりして泣いたのではなかった。あまりにも世界が気持ちよくて、心地よくて泣いたのだった。

熱い夏の陽。

鮮烈な潮の匂い。

圧倒的に青い空。
そびえ立つ白い雲。
ぬるいほどの海の温度。
さんざめく波のきらめき。
母の胸のやわらかさ……。
母はやさしくわたしをゆすりながら言った。
『めだか、気持ちいいねえ。海は、気持ちいいねえ……』
それが、お風呂（ふろ）につかっているみたいに、眠たくなるくらいに心地よくて。

わたしの心は、最後に母と入浴したときに戻った。

『めだかが息をしてくれたとき、お母さん、本当に嬉（うれ）しかったぁ……』

母は、能面をつけていなかった。
慈しみに満ちた、とても優しい顔をして。
胸のなかでうとうとするわたしの頭をそうっと撫（な）でてくれていた。
そして、わたしがいちばん欲しかった言葉を、ちゃんと言ってくれた。

『めだかが生まれてきてくれて、本当によかった』──

わたしは記憶のなかから戻り、昼下がりのダイニングで、ひとり、火のついたように泣いた。声をあげて泣いた。母のいない世界でようやくちゃんと泣いて、息をして、自分のちからで呼吸を始めることができた。

お母さん──と、心のなかで呼びかける。

大丈夫だよ。
もう、くるしくないよ。
ちゃんと、みんなと一緒に、生きていくからね。

チン──と、トースターが鳴った。

〈了〉

あとがき

こんにちは、四季大雅と申します。読了後の余韻を大事にしたいとの思いから、あとがきは控えるようにしているのですが、今回は思うところもあり、解説を付したいと思います。

コロナ禍について考えますと、外出を控えざるを得なくなった結果、家族というものがクローズアップされた時代であったと思います。そこで、家族をテーマに、現代について思考するところから、この小説が始まりました。

本作の主人公である磯原めだかは、『生まれてくることに失敗したのかもしれない』という、ある種の劣等感、そして世界との不調和を抱えて生きています。そんな彼女が、就活というある種の通過儀礼に失敗し大人になり損ねることから、この物語は始まります。

逃げ込んだ先のバスルームは、いわば〝グレーゾーン〟です。社会—個人、大人—子供、現実—夢幻、生—死……そういったものの、はっきりしない、曖昧な、中間的な地点。そのなかで危機に瀕した〝個〟を回復し、世界との調和を取り戻し、もう一度生まれ、今度こそ大人になる、というのが物語の骨子となっております。

また、コロナ禍は〝断絶〟の時代でもありました。暗い部屋のなかにひとりでいると、不安や虚無が押し寄せてきます。それは個人的な虚無であり、社会的な虚無でもあります。三島由紀夫が昭和四十五年の産経新聞に、このまま行くと、「日本」はなくなってしまうのではないかと予言しています。『日本はなくなって、その代わりに、無機的な、からっぽな、ニュートラルな、中間色の、富裕な、抜目がない、或る経済的大国が極東の一角に残るのであろう』――。そして現在に至るまで、この虚無は解消されていません。おそらくは、これからも解消されないでしょう。黒い海のような虚無は、繰り返し我々の浜辺に打ち寄せてきます。共感性と想像力を欠いた『へのへのもへ人』たちは、この虚無に実によく馴染み、暴力性を発揮します。詐欺、カルト宗教、無差別殺人、ＳＮＳでの誹謗中傷……。そして彼らがシステムと噛み合ったとき、より大きな悲劇が生み出されます。

　磯原めだかは〝顔の倫理〟を見つけ、自らの力で、自らの定義する大人になりました。そして自分のなかの虚無と上手く調和することができました。調和する虚無というものもあるのです。建築には〝遊び〟や〝逃げ〟といった概念があります。あえて緩みや余裕を持たせることによって、建物の強度が上がるのです。能楽における〝間〟や〝意味を持たない型〟なども同様です。我々はそういった調和の道を慎重に探っていかなければならないのでしょう。

　今作は、生きづらさを抱えている人に、なんとかサバイブしてもらいたいという祈りをこめて書きました。そういった状況にある人には、時間と居場所が必要です。磯原めだかが、階段下の物置から自分の音を見つけ出したように、雑多で余剰的な、ある種の〝逃げ場〟のようなものが常にあるべきだと思います。そのようなあたたかい泥のような場所でこそ、人間は回復し、成長するのだと思います。そして、あなたはいつか必ずその暗闇から脱け出すことができるし、美しいものを持ち帰ることができると信じています。泥のなかから育った蓮が、ある日、ぽん、と澄んだ音を立てて花開くみたいに。

今作もたくさんの方の助力があって完成させることができました。株式会社小学館の皆様、最後まで根気強く付き合って下さった担当編集の濱田様、今回も最高のイラストを描いて下さった柳すえ様、作品を読んで真っ先に感想を下さった八目迷先生、この物語の登場人物たち、そしてそのモデルになったわたしの家族にも、この場をお借りして心より感謝申し上げます。

体調を崩して休職し、執筆中2ヶ月くらいほぼほぼ誰とも会話しなかったのですが、よくよく考えるとわりと異常なので、ちょっと生き方を考えないと、と思う今日この頃です。

ちなみにうちの母は乳がんを克服し、元気にやっております。弟はライトノベルを出版しています。〝犬神家〟は妹の実話です。父のオナラは止まっていません。誰か止めてください。

なお、作中に登場する『桜ヶ丘』は架空の土地であることを申し添えておきます。

二〇二三年　某日　四季大雅

〈参考文献〉

『能楽名作選　上　原文・現代語訳』天野文雄（角川学芸出版単行本）

ガガガ文庫8月刊

千歳くんはラムネ瓶のなか9

著／裕夢（ひろむ）

イラスト／raemz（レームズ）

藤志高祭が始まった。2か月の準備を経て、この3日間にすべてを注ぐ青春の祭典。吹奏楽ステージ、体育祭と応援団パフォーマンス、そして演劇のクライマックス——。ただ一つの望みにかけて。青い月に、手を伸ばせ。

ISBN978-4-09-453203-6（ガひ5-10）　定価1,001円（税込）

天使の胸に、さよならの花束を ～余命マイナスなわたしが死ぬまでにしたい1つのこと～

著／葉月 文（はづき あや）

イラスト／堀泉インコ（ほりいずみ）

もしも、この世界から立ち去る前に1日だけ猶予をもらえるとしたら、あなたは何をしますか？　これは、あなたが大好きな人と笑って「さよなら」できるよう心を尽くす、優しくて泣き虫な天使との出会いと別れの物語。

ISBN978-4-09-453206-7（ガは9-1）　定価858円（税込）

夏に溺れる

著／青葉 寄（あおば よる）

イラスト／灸場メロ（きゅうば）

「母さんを殺してきた」——光から殺人の告白を聞いた凛は、彼と共に逃避行に出る。光はあるゲームを提案する。それは、八月が終わるまでの七日間、一日一人ずつ交互に殺したい人間を殺していくというものだった。

ISBN978-4-09-453204-3（ガあ19-1）　定価814円（税込）

氷結令嬢さまをフォローしたら、メチャメチャ溺愛されてしまった件3

著／愛坂タカト（あいさか）

イラスト／Bcoca（ビコカ）

グレイたちの前に現れた、生き別れの姉・シルヴィア。なんと彼女は、第三王子妃に成り上がっていた！　彼女に認めて貰いたいアリシアは、グレイとの交際を告白。するとシルヴィアはグレイを連れ去ってしまい——!?

ISBN978-4-09-453205-0（ガあ18-3）　定価814円（税込）

ガガガブックス

妹よ、今夜はカレーだから早く異世界から帰ってきなさい

著／愛坂タカト（あいさか）

イラスト／pon（ポン）

牛野家はカレー大好き一家である。母のカレーは世界一！　ある日、物置部屋に異世界ポータルが出現し、引きこもりな妹・華恋は異世界に逃げ込むように……。兄・来人は妹を連れ戻すことが出来るのか!?

ISBN978-4-09-461173-1　定価1,320円（税込）

ガガガブックスf

愛しい婚約者が悪女だなんて馬鹿げてる！上 ～全てのフラグは俺が折る～

著／群青こちか（ぐんじょう）

イラスト／田中麦茶（たなかむぎちゃ）

愛しいはずの婚約者リリアナに、自らが婚約破棄を突きつけるというありえない夢を見た公爵レイナード。次々と夢に現れる「望まぬ未来」を回避し、愛しい婚約者との幸せな結婚をかなえるためレイナードは動きだす。

ISBN978-4-09-461175-5　定価1,320円（税込）

GAGAGA

ガガガ文庫

バスタブで暮らす

四季大雅

発行　2023年8月23日　初版第1刷発行

2024年9月20日　第4刷発行

発行人　鳥光 裕

編集人　星野博規

編集　濱田廣幸

発行所　株式会社小学館

〒101-8001 東京都千代田区一ツ橋2-3-1

[編集]03-3230-9343　[販売]03-5281-3556

カバー印刷　株式会社美松堂

印刷・製本　TOPPANクロレ株式会社

Printed in Japan　ISBN978-4-09-453146-6

第19回小学館ライトノベル大賞
応募要項!!!!!!!!!!!!!!!!!!!!!!!!!!!!!!

ゲスト審査員は田口智久氏!!!!!!!!!!!!

（アニメーション監督、脚本家。映画『夏へのトンネル、さよならの出口』監督）

大賞：200万円＆デビュー確約

ガガガ賞：100万円＆デビュー確約

優秀賞：50万円＆デビュー確約

審査員特別賞：50万円＆デビュー確約

スーパーヒーローコミックス原作賞：30万円＆コミック化確約
（てれびくん編集部主催）

第一次審査通過者全員に、評価シート＆寸評をお送りします

内容 ビジュアルが付くことを意識した、エンターテインメント小説であること。ファンタジー、ミステリー、恋愛、ＳＦなどジャンルは不問。商業的に未発表作品であること。
（同人誌や営利目的でない個人のWEB上での作品掲載は可。その場合は同人誌名またはサイト名を明記のこと）

選考 ガガガ文庫編集部＋ゲスト審査員 田口智久
（スーパーヒーローコミックス原作賞はてれびくん編集部による選考）

資格 プロ・アマ・年齢不問

原稿枚数 ワープロ原稿の規定書式【１枚に42字×34行、縦書き】で、70～150枚。

締め切り 2024年９月末日 ※日付変更までにアップロード完了。

発表 2025年３月刊『ガ報』、及びガガガ文庫公式WEBサイト GAGAGA WIREにて

応募方法 ガガガ文庫公式WEBサイト GAGAGA WIREの小学館ライトノベル大賞ページから専用の作品投稿フォームにアクセス、必要情報を入力の上、ご応募ください。

※データ形式は、テキスト（txt）、ワード（doc、docx）のみとなります。
※同一回の応募において、改稿版を含め同じ作品は一度しか投稿できません。よく推敲の上、アップロードください。
※締切り直前はサーバーが混み合う可能性があります。余裕をもった投稿をお願いします。

注意 ○応募作品は返却致しません。○選考に関するお問い合わせには応じられません。○二重投稿作品はいっさい受け付けません。○受賞作品の出版権及び映像化、コミック化、ゲーム化などの二次使用権はすべて小学館に帰属します。別途、規定の印税をお支払いいたします。○応募された方の個人情報は、本大賞以外の目的に利用することはありません。